天路叙事

川藏公路、成阿公路筑路史

蒋 蓝 著

四川大学出版社
SICHUAN UNIVERSITY PRESS

项目策划：王　军　段悟吾
责任编辑：段悟吾　欧风偎
责任校对：荆　菁
封面设计：书香力扬
责任印制：王　炜

图书在版编目（CIP）数据

天路叙事：川藏公路、成阿公路筑路史 / 四川路桥建设集团股份有限公司，四川公路桥梁建设集团有限公司组织编写；蒋蓝著．— 成都：四川大学出版社，2021.4
ISBN 978-7-5690-4082-1

Ⅰ．①天… Ⅱ．①四… ②四… ③蒋… Ⅲ．①回忆录－作品集－中国－当代 Ⅳ．① I251

中国版本图书馆 CIP 数据核字（2021）第 001667 号

书　名	天路叙事——川藏公路、成阿公路筑路史
	TIANLU XUSHI——CHUAN-ZANG GONGLU、CHENG-A GONGLU ZHULU SHI
组织编写	四川路桥建设集团股份有限公司
	四川公路桥梁建设集团有限公司
著　者	蒋　蓝
出　版	四川大学出版社
地　址	成都市一环路南一段24号（610065）
发　行	四川大学出版社
书　号	ISBN 978-7-5690-4082-1
印前制作	成都力扬文化传播有限公司
印　刷	四川盛图彩色印刷有限公司
成品尺寸	170mm×240mm
印　张	16.25
字　数	169千字
版　次	2021年4月第1版
印　次	2021年5月第2次印刷
定　价	88.00元

◆ 版权所有 ◆ 侵权必究

◆ 读者邮购本书，请与本社发行科联系。
　电话：(028)85408408/(028)85401670/
　(028)86408023　邮政编码：610065
◆ 本社图书如有印装质量问题，请寄回出版社调换。
◆ 网址：http://press.scu.edu.cn

四川大学出版社
微信公众号

目　录

上部　川藏公路篇

川藏公路交通简史 002
- 自古成都是重镇 \002
- 古道峥嵘岁月 \005
- 把五星红旗插在喜马拉雅山上 \008
- 而今迈步从头越 \013

"雅安三绝"与金鸡关 016

亘古二郎山 022
- 二郎山：从盆地通达天外 \022
- 二郎山筑路记 \029
- 「烂池子」的故事 \035
- 《歌唱二郎山》诞生记 \039
- 二郎山今昔 \042

雀儿山的雨季 \084

人挂在半山腰，就像一串风中的葡萄 \089

雀儿山的道班『很吃香』\093

川藏公路修路逸闻

什么叫『代食粉』\097

惊心动魄的『滚地雷』\101

飞蓬逸闻 \104

我一顿吃了300多个饺子 \106

银元往事 \109

矮拉山遭遇『雪弹子』\113

最难忘的『海参炖牛蹄』\117

我干了一桩『最背时的活路』\120

蜀郡太守何君阁道碑

川藏公路八大桥 /046

贾荣轩与飞仙关桥 /046

穰明德请3位工人喝酒 /051

大渡河悬索桥 /057

大渡桥横铁索寒 /059

『失踪』的第一踏勘队 /063

川藏公路第一踏勘队 /063

为开路者开路 /069

无尽的怀念 /071

雀儿山传奇 /073

打通雀儿山是进军昌都的基础 /073

一位保卫干事眼里的川藏公路 /078

流沙与橡皮路 /082

- 198 雁门关下磨刀溪
  - 飞沙关隧道 \ 198
  - 板桥关 \ 203
- 209 甘堡的春节与磕头梁子上吼雨
  - 甘堡女儿节 \ 209
  - 磕头梁子的古碑 \ 214
  - 吼雨 \ 216
- 220 被誉为『桥坚强』的工程师
- 222 鹧鸪山上无鹧鸪
  - 音乐与美术的公路印记 \ 227
  - 采天麻的诀窍 \ 233
  - 贝母逸闻 \ 235
  - 『哈嘛叶』就是活麻 \ 238
  - 夹壁梁子上的回忆 \ 242
- 246 却顾所来径 苍苍横翠微

下部 | 成阿公路篇

- 成阿公路交通简史
  - 抚今追昔忆古道 \ 130
  - 修筑成阿公路 \ 138
  - 媒体记载的筑路人心路史 \ 149
- 一首撼天动地的『工地歌』
  - 靠一双手在石壁上抠出路来 \ 160
  - 汪泽贵的『百衲衣』\ 163
  - 318线上的海子山 \ 165
- 『老母孔』的故事 \ 172
- 没有黄色药，没有开山机 \ 178
- 一位随队医生的回忆
  - 漩口镇的马陆虫 \ 190
  - 飞石当头 \ 192

上部

川藏公路篇

川藏公路交通简史

自古成都是重镇

川藏公路是古代川藏线的现代升级版,是川康公路和康藏公路的统称。川康公路建于20世纪30年代,康藏公路于1950年开始修建。1955年西康省被撤销后,川康公路和康藏公路合并为川藏公路,起于成都,止于拉萨。

蜿蜒于世界屋脊之上的川藏公路,创立了很多个第一:它是新中国建立时的头号重点工程,也是闻名世界的伟大之路。公路的平均海拔在3000米以上,更是世界上起伏最大、地质灾害最严重的公路之一。人民解放军、工程技术人员及沿线各族人民,不惧牺牲、勇于奉献,历时近5年建成了川藏公路,书写了世界公路史上的壮美华章。

据《成都市交通志》记载，汉代的成都已是著名的丝绸生产地，成都丝绸连同其他蜀地特产通过民间商人从成都至临邛（今邛崃市），南下永昌，经畹町出国境贩运到掸国（今缅甸）、身毒（今印度）等国，再转销至其他欧亚国家。这条从成都出发到印度的贩运道路，史家称为"蜀身毒道"。

在遥远的身毒市场，商人用成都丝绸和漆器、武阳铁器、临邛铜器等换取当地的宝石、翡翠、犀角、象牙，或直接从欧洲商人手中换取黄金。由于当时以蜀锦为主的蜀地丝绸已闻名中外，以大秦（古罗马及近东地区）商人为主的欧洲商队不惜长途跋涉，东到身毒贩回丝绸，后来部分精明的商人便沿"蜀身毒道"直接来蜀地购买丝绸。希腊人撰写于公元1世纪80年代（东汉时期）的《爱利脱利亚海周航记》，记述了作者到蜀地购买丝绸的经过："过克利斯国（今缅甸白古）抵秦国（今中国）……有大城曰秦尼（东汉时的成都）……由此城生丝、丝线及丝织成之绸缎经陆道……而至巴利格柴（今印度孟买附近的巴罗赫港）。"古代希腊人和罗马人称中国为赛里斯国（Serice），居民为赛里斯人（Seres）。赛里斯国意即丝国。

"蜀身毒道"成为中国丝绸外销的南方通道，它的形成时间早于西北方向的丝绸之路，史家称之为"南方丝绸之路"。到清朝末年民国初年，这条南方丝绸之路仍很繁荣。晚清成都府华阳县令周询记载：清末成都所织绸缎不仅在国内销售，还远销"暹罗、安南（今泰

1956年国家邮政总局发行的特种纪念邮票

国、越南）等地"。十几年前，著名巴蜀历史学者段渝指出："英语China一词最早出现在印度文献中，原并非瓷器而是指中国蜀地所产丝绸。"这一独出机杼的议论对于成都来说，意义不可估量。

　　古代成都通往西藏的道路至迟形成于唐代，此路与南方丝绸之路中成都至雅安一段是重合的。在唐代，成都通雅州（今雅安市）的道路已向西延伸进入吐蕃地区，成为朝廷与吐蕃之间交往的通道。宋代朝廷设"茶马司"，蜀地茶叶和蜀锦等物品经由此道被运去吐蕃换取马匹，称为茶马贸易。明代为迎接西藏前来送贡礼和进行商贸活动的藏族人，特在成都郊外通藏路口建红牌坊，设红牌楼场镇。据《华阳县志》记载："红牌楼堡距县南十里，明嘉靖中蜀王于此建坊，名曰红牌坊。"从清代开始，在打箭炉（今康定市）置藏汉互市进行物资交流，此道曾被称为"炉藏大道"。

古道峥嵘岁月

光绪四年（1878年），受四川总督丁宝桢的委派，江西贡生黄懋材由成都赴西藏转道印度进行考察。在西去的路上，见一座座大山横亘眼前挡住去路，他望着连绵不绝、望不到尽头的大山，不禁仰天长叹："横断山，魂断山！"横亘在大西南和青藏高原之间的崇山峻岭因此而得名。

历史上第一个考虑建官道翻越二郎山的人，是清末大名鼎鼎的赵尔丰。1908年，时任川康边务大臣的赵尔丰，倡议建从成都至康定的骡车大道。辛亥革命后，四川军政府都督尹昌衡力主建"川康马路"，但累议未果。直至1935年，重庆行营将"川康公路"列为十大干线之一，限期修筑完成。到1937年4月，这段公路由四川公路局草草修建完工。1938年，蒋介石电令重庆行营："大规模计划兴建西康公路，拨款先修川康路。"经反复勘测，雅安经天全到康定全线里程219公里，征调民工开挖路基土方工程，先后共征调民工13万余人，雇用石匠建设路基石方及排水沟、桥梁、涵洞等,常年有8千余人,最多时达2万余人。

川康公路的修筑历尽艰辛,特别是龙胆溪至二郎山顶一段,全长23公里,由天全县民工承担。1936年6月,川康公路工程处成立,雇技术人员重新开工,修到天全停工。1938年8月开工,调集民工近2万人。此段山高险峻,风大雨多,雾重潮湿,日照短少,冬春积

2019年发行的"川藏青藏公路建成通车六十五周年"邮票一套两枚

雪盈尺，气候和自然条件十分恶劣，加之劳动强度大，给养不足，包工头中饱私囊，民工中伤、病、死时有发生，聚众逃亡不断，导致该路段工程进行一年才完成路基。公路修通后，处于有用无养状态，塌方损毁时常发生，不能保障畅通，有时竟数月半载不能通行……

川康公路到 1940 年 10 月 15 日举行试车。1 辆小客车、1 辆大卡车从天全县出发，16 日抵达泸定渡口，由小型钟摆式渡船渡过小客车，大车过不去只好返回。小车经推拉人抬，于 20 日才到康定。这段路修建费时 4 年半，先后征工 13 万余人，民众饱受劳役之苦，"路工死亡三千，负伤者六千"，换来的只是川康公路的虚假通车。因公路没有修通，又值该工程贪污案发生，蒋介石一气之下撤销工程处，枪毙 8 人，判刑 7 人。1941 年，国民政府交通部又成立川康公路改善工程处，由总工程师蓝田负责，经 1 年整修才勉强通车，公路标准极低。1945 年，改善工程处改为川康公路管理局。1946 年，这条路遭水毁废弃。自康定至马尼干戈 477 公里，新中国成立以前为康青公路的一段，由国民政府交通部川康公路管理局和西康省公路局组织修建，于 1941 年通车到东俄洛，1943 年 11 月修到甘孜，1944 年 10 月修到马尼干戈，路况很差，只试通车一次即废弃。①

---

① 张勃、唐伯明、万宇：《川藏公路的历史探究与时代价值》，《桥梁》2019 年第 2 期。

1929年，巾帼女杰刘曼卿为宣传抗日、维护祖国领土，首次入西藏，由南京启程，上武汉，入重庆，进成都，然后取道康定、理塘、巴塘，过昌都，终抵拉萨，行路之难，毅力之坚，早成为传奇佳话。刘曼卿在西藏所行走的线路，就是后来川藏公路的大体线路。她在后来出版的《康藏轺征》里，详细记录了这次充满艰辛的旅途：山高路远，道路崎岖，骡马俱不能行，不得已换牦牛而骑，还不时有土匪出现，兼之时值隆冬，大雪封山……一路上，她又数次遇险。在刘曼卿笔下，我们可以清楚看到，那时进藏交通极度艰难。

把五星红旗插在喜马拉雅山上

1951年5月23日，《中央人民政府和西藏地方政府关于和平解放西藏办法的协议》（简称《十七条协议》）在北京签订，宣告了西藏的和平解放。

1950年1月7日，中国人民解放军第18军（以下简称18军）在开赴川南各地途中，接二野电令改去乐山、丹棱地区整训待命。1月10日，刘伯承司令员向张国华、谭冠三传达了党中央、毛主席关于进军西藏的决策。

1950年3月4日至7日，18军在乐山举行进军西藏誓师大会。张国华带领全军指战员向党中央、毛主席宣誓："坚决把五星红旗插在喜马拉雅山上。"部队加紧进行进藏的各项准备工作。部队给每个官兵发了一个笔记本，笔记本的第一页印着"一定要把五星红旗插上喜马拉雅山"，封面上印着一幅版画：一群解放军战士高举着五星红旗，向雪山峰顶攀登。

自此以后，"把五星红旗插上喜马拉雅山"成为解放军和筑路者的精神大纛。

道路无疑是连接内地与西藏的血管。没有进藏之路，解放西藏就等于纸上谈兵。

1950年2月的西南局会议上，邓小平就说，进军西藏的主要困难是交通问题。贺龙说，运输问题，要比用兵问题困难好几倍。

毛泽东主席指示部队"进军西藏，不吃地方""一面进军，一面建设，一面修路"。

时任工兵司令部第四团参谋长的马成山（后来任宁夏军区副司令员）告诉《中国新闻周刊》，修筑康藏公路最大的特点就是一个字："急"。为巩固国防，建设西藏，党中央决定"从四川和青海两个方向修筑通往拉萨的公路"。这个期限被分解为几个阶段：1950年9月1日之前通车甘孜；1952年通车昌都；1953年完成400公里；1954年通车拉萨。毛泽东主席欣然为修筑康藏公路题词："为了帮助各兄弟民族，不怕困难，努力筑路！"在这一巨大的精神鼓舞下，解放军喊出了惊天动地的口号——"让高山低头、叫河水让路"！

天路叙事——川藏公路、成阿公路筑路史

　　川藏公路是悲壮的路。蜿蜒 2000 多公里的川藏线，穿越青藏高原东部横断山脉地区，要翻越折多山、雀儿山、独木岭、矮拉、雪奇拉、宗义拉、格拉、甲皮拉、达马拉、叶拉、年拉、浪拉、初次拉、安久拉、色季拉、米拉等 21 座海拔 4000 米以上的高山，跨越青衣江、大渡河、鲜水河、雅砻江、金沙江、扎曲、昂曲、井河、乌曲、沃曲、怒江、冷曲、松宗河、卡达河、东久河、易贡河、巴河、尼洋河、拉萨河等 20 多条江河，平均海拔 3500 米。在这里，有壁立千仞的大渡河峡谷，有贡嘎山下的亘古冰川，有雄鹰飞不出的邦达草原，有世界上最大的雅鲁藏布江大峡谷……在修建川藏公路的 4 年多时间里，先后有 3000 多名烈士长眠在这里！施工第一年，就有 2000 多人献出了生命，仅在雀儿山的一个山头就牺牲了 300 人。

　　时任 18 军文工团干事李俊琛回忆那时的特殊困难："前一天修的路，第二天就没有了——山倒了！前一天蹚过的河，第二天就没有了——变成堰塞湖了！"

　　这是悲壮的路！这是世界公路修筑史上的奇迹！

　　川藏公路是新中国修建的第一条震惊世界的公路。20 世纪 80 年代美国筑路专家考察川藏公路后，称其为不可复制的人间奇迹。

　　毫不夸张地说，这样的奇迹来自严重缺乏施工机械的血肉之躯。因此，川藏公路也是 20 世纪全世界最长的"手工道路"。川藏公路起初是筑路者用铁锹、钢錾、铁锤等简易工具一寸寸挖出来的。滑坡、

泥石流、高寒缺氧等问题时常威胁着筑路者的安全。这支十多万人的筑路大军，在世界屋脊上连接起西藏与内地的血脉通道。

川藏公路是地质结构极为复杂多样的公路，又是新中国筑路史上头号任务艰巨的公路。川藏公路更是中央政府投入最大的一条公路。时任全国公路总局局长的潘琪提供了一个对比数字：截至1953年底，川藏公路的花费，如果用35000元一叠的旧币（1万元旧币相当于1元新币），可以从拉萨铺到天安门。在当时这些钱可以买1300架喷气式战斗机；按照重庆市的市价，可以买到30亿斤粮食。

关于修筑川藏公路的经费，还有一个更形象的内部说法：这条公路的建造经费，相当于用银洋成双排连接川藏南北两线的总长度。一枚银洋的直径是39毫米，要用一枚枚银洋成双排连接全程，得用多少啊！

从成都老南门开始，经雅安、天全、泸定、康定，在新都桥分为南北两线：北线经道孚、炉霍，沿317国道经甘孜、德格、江达、昌都，再沿214国道在邦达与南线会合；南线经雅江、理塘、巴塘、芒康、左贡，在邦达与北线汇合，再经八宿、波密、林芝、工布江达、墨竹工卡、达孜抵达拉萨。北线全长2412公里，南线318线全长2146公里。

四川境内段，起于成都老南门外的红牌楼，经新津、雅安、泸定、康定、甘孜，止于岗托，全长970公里。川藏公路是四川通往昌都地

2020年6月29日，在四川路桥集团总部，川交二处原党委书记邓天书接受采访（蒋蓝、许甜甜／摄）

区和西藏的国道，为中国国防路线之一，具有重要的军事和政治意义。川藏公路成都至马尼干戈一段均系新中国成立前所建，路线标准低。新中国成立后经历年来的多次改善，虽然在线形上大体接近新六级公路的标准，但有很多路段仍有不少急弯、陡坡和窄路。夏季塌方阻车，冬季冰雪覆盖，随时可能影响行车或造成翻车伤亡事故，特别是沿线木桥多、木料腐朽、桥面很窄，车速、载重受限制，随时都可能发生桥断车翻的危险。因此，交通运输部和四川省交通厅认为必须彻底对其加以改善，以适应国防和经济建设的需要。

成立于1955年的四川省交通厅公路局第二工程处（简称川交二处），根据四川省交通厅公路局的安排，1957年、1958年、1960年、

1963年—1965年、1975年—1990年、2001年—2014年、2015年前后7次参加川藏公路的改善和改建工作。① 几十年来，四川路桥集团的筑路者们充分发挥了"艰难多吓不倒、条件差难不倒、任务重压不倒"的"三不倒"川藏线精神，这既是"两路"精神的具体体现，也是勇于开拓创新的天府文化的历史传承。

而今迈步从头越

"青藏、川藏公路纪念碑"于1984年12月25日建立，坐落于拉萨市南的拉萨河畔，由胡耀邦题写碑名。36年过去了，虽然青藏铁路已通车，但青藏公路和川藏公路仍然是西藏的运输大动脉。

读一读纪念碑的碑文，仍然让人热血沸腾：

> 建国之初，为实现祖国统一大业，增进民族团结，建设西南边疆，中央授命解放西藏，修筑川藏、青藏公路。川藏公路东自成都，始建于一九五〇年四月；青藏公路北起西宁，动工于

---

① 《四川川交路桥有限责任公司志》编纂委员会编：《四川川交路桥有限责任公司志》，四川科学技术出版社2018年版，第187页。川交二处于1999年改制，成立四川川交路桥有限责任公司。

一九五〇年六月。两路全长四千三百六十余公里，一九五四年十二月二十五日同时通车拉萨。

世界屋脊，地域辽阔，高寒缺氧，雪山阻隔。川藏、青藏两路，跨怒江攀横断，渡通天越昆仑，江河湍急，峰岳险峻。十一万藏汉军民筑路员工，含辛茹苦，餐风卧雪，齐心协力征服重重天险。挖填土石三千多万立方，造桥四百余座。五易寒暑，艰苦卓绝。三千志士英勇捐躯，一代业绩永垂青史。三十年来，国家投以巨资，两路几经改建。青藏公路建成沥青路面。高原公路，亘古奇迹。四海闻名，五洲赞叹。

巍巍高原，两路贯通。北京拉萨，紧密相连。兄弟情谊，亲密无间。全藏公路四通八达，经济文化繁盛，城乡面貌改观。藏汉同胞，歌舞翩跹，颂之为"彩虹"，誉之为"金桥"。新西藏前程似锦，各族人民携手向前。

值此两路通车三十周年，感激中央，缅怀英烈，立石拉萨，永志纪念。

从昔日的砂石路、碎石路到如今的柏油路；从普通公路到正在建设的高速公路；从过去单一的进藏通道到现在青藏、滇藏、新藏公路等多条进藏线路……川藏交通得到了改天换日的发展。近70年来，川藏公路从诞生到不断升级，道路越来越开阔、越走越通畅，西藏人民建设小康社会的理想与现实，正随着"天路"的延伸，与新时代振翻齐飞……如今，川藏公路不仅是运输大通道，而且成为领略青藏高原美景的黄金之路，成为沿线城市、城镇、乡村发展经济、弘扬文化的一条重要走廊。

随着道路基础设施的完善，川藏公路已成为令世界瞩目的"景观大道"。《中国国家地理》杂志组织专家考察后一致认为：川藏公路沿线是中国乃至世界的一条美景高度集中的景观长廊，自然景观之齐全多样、异彩纷呈乃世所罕见。

2014年8月6日，中共中央总书记、国家主席、中央军委主席习近平就川藏公路、青藏公路通车60周年作出重要批示，要求进一步弘扬"两路"精神，助推西藏发展。习近平指出，今年（2014年）是川藏、青藏公路建成通车60周年。这两条公路的建成通车，是在党的领导下新中国取得的重大成就，对推动西藏实现社会制度历史性跨越、经济社会快速发展，对巩固西南边疆、促进民族团结进步发挥了十分重要的作用。当年，10多万军民在极其艰苦的条件下团结奋斗，创造了世界公路史上的奇迹，结束了西藏没有公路的历史。60年来，在建设和养护公路的过程中，形成和发扬了一不怕苦、二不怕死，顽强拼搏、甘当路石，军民一家、民族团结的"两路"精神。

"雅安三绝"与金鸡关

雅安位于四川盆地西缘,有"川西咽喉""西藏门户""民族走廊"之称。境内自然资源丰富,文化历史底蕴丰厚,气候类型为亚热带季风性湿润气候,山川秀美,生态良好,雅雨、雅鱼、雅女素有"雅安三绝"的美誉。

1930年,刘曼卿到达雅安。在她笔下,雨城雅安是那样的风雅可人:

> 名山县西十五里有蒙山,据云山顶有仙茶七株,叶入水,蒸气成鹤形,前清以为贡赋,故称之曰贡茶。亦产常茶,与邛州同为五属大帮,五属者,邛、名、雅、荥与天全……雅安县旧称雅州府,为上川南首治,前清两道台居之,四面环山,城垣如在釜底。

> 由此过官渡，古名平羌江，昔诸葛武侯抚雅州诸夷于此，故名。茶号如永裕昌、余孚和、夏永昌、义兴等，均甚著名。
>
> 自雅至炉则万山丛脞（cuǒ），行旅甚难。沿途负茶包者络绎不绝，每茶一包重约二十斤，壮者可负十三四包，老弱则仅四五包已足，肩荷者甚吃苦，行数武必一歇，尽日仅得二三十里。闻五属输入总数，每年为八百馀（余）万斤，代价约三百万两。康定茶税，一年规定为十一万两，其征收法论数不论质，百斤为一引，每引抽捐二两。近年川藏隔膜，印茶竞争，茶商倒号者日有所闻，亦可惧也……姜公兴、蓝鸿泰等茶商之茶叶，则驰名西藏。[1]

她描写的异常辛苦的"背子"们，约在至今40年前才彻底退出了历史舞台。

刘曼卿记录的那首《朗玛》古歌，让很多初到雅安的行人产生共鸣："棕色汉茶垒成墙，高过了东方的山冈；雅州女子的温柔，比蓝蓝的江水还长。"她还记录了反映驮运茶叶的赶马人为生计不得不背井离乡的民歌。[2]

鉴于二郎山太高太陡，刘曼卿进入西藏的路线是"大路"，即

---

[1] 刘曼卿：《康藏轺征》，民族出版社，1998年，第78—81页。
[2] 同上。

1904年担任英国驻成都总领事的霍西所说的"川藏大道",从雅安到荥经,翻大相岭,经汉源再翻飞越岭,过化林坪,经泸定到康定。当时民间将这条路称为"大路"。而川藏公路是沿着所谓的"小路"而扩建的,即翻越二郎山到达泸定县。

"金鸡关金鸡最忠诚,守到姚桥坝坝埋的皇坟(民间讹传大土包包高颐墓是皇坟)。羌水对到北边冲,没有金鸡关的金鸡凶,金鸡一叫惊羌龙,青衣江一拐向东流……"至今金鸡关一带的老人还能哼出这首蕴含着丰富历史地理因素的民歌。

金鸡关是茶马古道、南方丝绸之路的重要关口。千年之前,金鸡关是汉家边关,所谓"威震西南第一关"。诗云"金鸡飞过走仙家,丹灶金鸡噪夕阳",为古雅州八景之一。金鸡关自古为兵家必争之地,山脉海拔约700米,山势如金鸡振翅欲飞,仙关顶、安子山两崖对峙,高差近百米,有一夫当关、万夫莫开之势。古雅州城东、南、西三面,分布金鸡、飞仙和飞龙三座古老关隘,齐称"雅州三关",扼守门户,拱卫着丝绸之路、茶马古道。金鸡关前的隋唐尔朱真人炼丹洞,传为道家"三十六福地,七十二洞天"之一,明朝杨慎《升庵文集》之《蜀记》载,"蜀之八仙尔朱真人在雅州",指的就是此地。

1935年9月,红四方面军南下,提出"打到成都去吃大米!"是年冬,红四方面军与国民党川军进行了百丈关大战,战场一直延续到了金鸡关。这一战红军牺牲万余人,南下行动失败。攻打金鸡关的红军，曾用机枪击落敌机一架，飞机就坠落在金鸡关下的棺材沟。

有意思的是，金鸡关的古关城在清同治年间因修名雅公路时拆去了一部分。当时黄云鹄到任雅州知府，见成雅公路只修到了名山县城，严重制约雅安发展，遂呕心沥血筹资修路。因经费不足，黄知府将工程承包给姚桥名士姚运鸿，由他部分垫资修建。

俱往矣，数风流人物，还看今朝。

一条可靠的道路，才是进军西藏关键中的关键！

1950年，党中央和毛主席发出号召，西南军政委员会和西南军区立即成立康藏公路修建司令部，由陈明义兼司令员，西南交通部公路局局长穰明德兼政委。西南交通部负责勘察设计、施工建设指导、材料工具统筹供应及管理等工作，18军后方筑路部队全力参加施工。整个工程具体分为4个阶段实施。

1950年1月成立西南区公路管理局，同年4月更名为西南军政委员会交通部，1952年底又更名为交通部西南公路工程局。1953年2月，成立交通部西南公路工程局设计局。

为保障进军西藏，西南局和西南军区作出了"不惜一切代价，克服一切困难，抢修雅安到甘孜段公路"[①]的决定，并于1950年2月2

---

① 成都军区后勤部军事运输部编：《成都军区军事交通史1937年—1990年》，内部印刷，1992年，第82页。

日组建了支援司令部。

就在中央作出这一重大决定稍前，1950年2月1日，中国人民解放军在雅安城内举行隆重的入城仪式。1950年2月，就在解放军进驻雅安后，匪首李楚湘、罗良君等相互勾结，武装叛乱，占据金鸡关，抢劫客商……待解放军以摧枯拉朽之势清除这些反动势力后，经过紧急筹备，1950年4月13日，康藏公路在四川省与西康省交界处的金鸡关破土动工了。一阵礼炮声响过之后，激情的筑路歌声，以及一浪盖过一浪的劳动号子冲天而起……

之所以选择在金鸡关动工，在于民国时雅安属西康省，名山县属四川省。金鸡关尾处的清泉寺对面岩壁上，刻有"西康省东界"字样，标明金鸡关山脉为省界之山。

数万解放军和民工集结金鸡关，扛沙包、推滚子、抬石头，在没有任何重型机械帮助的条件下，修通了金鸡关上的川藏公路起点。当时整修的是金鸡关—甘孜—马尼干戈路段，长699公里，于当年8月通车。由于时间紧、任务重，当时制定的筑路方针是：先通车，后加宽；先粗通，后达标。

经历近70年风霜雨雪，如今这条蜿蜒于鸡鸣山的老路看上去并不起眼，却曾是最早的川藏公路。薄雾与山中的岚烟相互交缠，远处是郁郁葱葱的周公山。如果从周公山方向看，这一片山就像一只展翅的金鸡。登上金鸡关最高处——仙关顶，四周山脉绵延，南看周公蔡山，北峙蒙顶圣山，东眺峨眉金顶，顺望瓦屋桌山。俯瞰梯子岩下关底坝之羌水大回环，东流滔滔，更可以看到川藏公路在崇山峻岭之间盘旋往复……

依着山势，川藏公路向金鸡关之巅伸展出去，穿越了姚桥镇的蒙子村，通过金鸡关隘口后开始下山，经金鸡桥进入名山县境内。

到20世纪70年代，金鸡关公路终于铺设了柏油路面。

1994年11月，金鸡关隧道建成后，318国道改从"金鸡"的腹部穿过，老路退居二线。2019年时，横亘千载的金鸡关已不复存在，山体被城市改造挖掉了一大半。当地政府决定把整座山移走，建设一条"雨名快速通道"。这条快速通道全长约5.9公里，采用双向六车道一级公路标准建设，将于2021年9月建成通车。届时，金鸡关将一马平川，新的互通枢纽将连接雅安东、南、西北上百公里、一百万亩产业带，茶叶、药材、果蔬将经这里源源不断运往西藏与四川东部。雅安的雨城、名山、经开三区将实现一体化、同城化，城市向东拓展，全面融入成都平原经济区。

亘古二郎山

二郎山：从盆地通达天外

2019年10月，为报道新中国建立70年来四川地图的最新勘测绘制情况，我在成都地图出版社见到了一幅巨型3D打印的四川盆地地形图。占地26万多平方公里的四川盆地为较规整的长方形下沉区域，为菱形摆布，东角是万州，南角为叙永，西角为天全，北角为广元。如果说一峰凸起、没有旁系的峨眉山是大盆地里一条通达"佛法天庭"的天路，那么距盆地中心的最远端、海拔极高的二郎山就是盆地的"西天之际"，也是盆地四个角的最高之处。毫无疑问，二郎山的山脊走廊是拱卫四川盆地的极西屏障，也是一道高远的长墙；而从文化心理而言，它恰是大盆地通往高原的一个"天外"。

历史学家任乃强曾撰写《天全小志》,他认为"天全"两字,极可能是本地杨、高两大土司投诚归附时,向朝廷上报领地的译音。也就是说,"天全"为记音。任乃强叙述道:在元军进攻天全河流域时,高土司降元,本地羌民避免了被屠城的危险,因此羌民得以保全。"羌"与"天"语音相近,所以"羌全"得名而为"天全"。我以为这一推论符合本地历史地缘。史籍明言土司所辖百姓为"氐羌",实际为羌族的一支——青衣羌后裔。天全县一带本属雅州,汉代即为青衣羌人聚居之地。《水经注·青衣水》云:"青衣水出青衣县西蒙山东,与沫水合。"注云:"县故青衣羌国也。"天全县区域还有"破磷村""荡村"等地名,当地史料无一字解释,我判断也是记音而来。经过羌族著名

二郎山风雪运输险(原载四川人民出版社《四川公路交通史》)

诗人羊子代我征询羌族学者，得知"破磷"是"衣袖"或"衣袖里面"的意思，"荡村"应为"宕村"。西晋永嘉元年（307年），羌人始建宕昌国。陕西省即有"宕羌"。这些地名体现了唐宋时期青衣羌的历史信息。

明末张献忠的大西军进攻天全县，遭到高、杨土司全力反抗，飞仙关、石头寨等地均是战场。当时天全县的地缘相当于现在的雅安市，天全也是南诏（今云南全境、四川凉山州及贵州和缅甸部分）、吐蕃（主要为今西藏地区）到达成都的锁钥之地，是历代王朝守卫西部的第一道屏障。二郎山下的紫石关与禁门关、飞仙关，在历史上成为天全河流域内的"三关"，它们一度在经济和军事上都具有重要的地位，是历代兵家必争之地。土司统治时期，曾在紫石关设紫碉百户所，后为官兵戍守驻地。唐末至清雍正以前，紫石关一直是重要关隘，总面积达8000多平方米，有重兵把守，常与碉门（禁门关）相提并论，称为"紫碉"。正因地缘特殊，大西军横扫四川，不少难民逃亡至此得以保全，由此可以见到天全与大盆地唇亡齿寒的关系。

1644年，西方传教士安文思、利类思风闻大西军已攻破重庆，他们随逃难人流进入雅州天全。他们不但知道高、杨土司，而且对土司制度还有一定了解。安文思指出："在这个帝国的城镇中，有一些在云南、贵州、广西和四川省，我认为它们不向皇帝纳贡，也不归顺他，而是由特别独立的王公统治。这些城镇大部分有高山悬崖环绕，好像是大自然格外赐予它们的防御工事。山岭之间是几天旅程的田地和平原,从那里可以看见第一等和第二等的城市及许多乡镇村落。中国人把这些王公叫作土司,即土官,即是说当地的曼达林。"① 天全县的不少老建筑,至今得以保存。

318 线 2758 的路碑就在二郎山翻山老路上

在大渡河与青衣江的分水岭,伫立在二郎山山巅垭口,朝泸定县方向望去,由瓦蓝过渡到纯粹之蓝的天际下,可以览尽晴雪中贡嘎神山的雄浑无俦之景。在二郎山山踝一线,大渡河宛如一根力道十足的上帝长鞭,深深切入花岗岩体,逶迤向东而去。在二郎山周围,金栅山和大野牛山、小野牛山,以及一座座相互牵连的无名山峰侧身耸立,朝拜着二郎山上氤氲四起的云气。1940 年,国画大师张大千先生行至西康时,为二郎山风貌神韵所震撼,作国画《二郎山》,苍翠险峻跃然纸上,并题诗道:"横绝二郎山,高与碧天齐。虎豹窥闾阖,猿猱

---

① 安思文:《中国新史》,何高济译,大象出版社,2016 年,第 36 页。

让路蹊。"

川藏公路跨越二郎山，盘山路段全长82公里。二郎山地处四川盆地西部，位于雅安地区和甘孜藏族自治州交界处，山顶海拔高3437米，公路越经山口的海拔为2980米。同时，占地1600平方千米的二郎山景区是一座不折不扣的野生动植物的宝库，植物种类多达600多种，单是脊椎动物就有206种。被誉为"二郎山神草"的光叶蕨，比大熊猫还要古老。二郎山丰富的野生动植物资源，得益于二郎山独特的"华西雨屏"。

二郎山上的"铸魂"石碑

川交二处原党委书记邓天书多次到二郎山一线公路参与维护和保养，他对我说过，筑路工人当时的确不认识这些神奇的植物，把它们当作杂草清除了，后来看报纸才发现："哎呀，比大熊猫还要古老的植物，我们是亲手触摸过的。"

山间原始森林也是鸟类的天堂，多年以来，此地成了摄影家们最为理想的"打鸟"之地。记得在 2018 年夏季的一个上午,我从盘山公路来到山肩。看到气流仰攻山巅,形成了一条坡道。很多鸟儿顺势而上,它们最后一丝体力从翅尖漏走,被气流带往一个一个的凹地。鸟儿仍然展开空空的翅膀,不再动弹。气流抵达高空的临界面,凝结为云,将不可见的腰身横陈。鸟儿必须与流云达成一致,把羽毛拉长为拨穗的经幡。几次蛇行之后,它们从巅峰的垭口流泻而过。似乎不是飞过的,倒更像是垭口在阳光下蒸腾起来的云气,由此,鸟影成为旗云的旗穗。在更高处,气流飘然至上,铺开了网格状的大云。鸟儿知道,高处不胜寒,必须折返大地。这样,鸟儿收拢翅膀,不再随波逐流。鸟儿如云瀑一般俯冲下来。灰白色的鸟影,脱离了云的阵营,显现出斧头的质地。看上去,让人想起直赴梁山的水浒英雄。

这其实与大渡河流域的焚风效应有关。焚风往往以阵风形式出现,从山上沿山坡向下吹。焚风在迎风坡成云致雨,在背风坡形成干热风的整个过程被称为焚风效应。

缺乏人文积淀的山水,不过是风景而已。二郎山的层峦叠嶂中,散落着星星点点的古老山地民居,栈道、索桥、笮桥、木板桥、石拱桥星罗棋布。回望身后,是青衣江上游源头的天全河,以及盘旋往复的二郎山老公路。洞穿二郎山的隧道为通行提供了极大的便利,那条 26 公里的穿越二郎山的川藏公路,连接起了天全县四季花开不断的山水之路、历史久远的茶马之路、红军长征的伟大之路。

在我的印象中，天全县更像是依托二郎山东麓的一块文化飞地。它既是川西平原抵近横断山系的台地，也是康藏地区进入汉地的第一个繁华驿站，不同民族、不同语言、不同地缘、不同季候、不同物产均在此分界或汇聚。一江澄碧的天全河与源源不断的川茶，成了天全县最为突出的两大人文征象。

"二呀嘛二郎山，高呀嘛高万丈……"二郎山自古山陡水险，古道斗折蛇行，骡马也无用武之地，只有靠人手脚并用，方能攀援通过，这造就了所有茶马古道中唯一的奇观：从天全县禁门关至康巴路段的人力背茶。历史上，以荥、雅、名、邛所产为"大路茶"，天全为独具特色的"小路茶"。天全县青石乡甘溪坡红星村，是曾经的背夫歇息之地。今天新建的茶马古道陈列馆中，展示出的背架子（背茶包的工具）、丁丁拐（背夫歇脚的支撑工具）、汗刷子（用于剐汗的工具）、麻窝子（草鞋）、脚麻子（背夫翻山时绑在草鞋上防滑的工具）、溜壳子（背夫渡河溜索用的工具）等，述说着一个个尘封已久的艰辛故事。在天全县甘溪坡、紫石关、两路乡等处的残存古道上，石板上一个个密密麻麻的"拐子窝"清晰可见，这是茶马古道特有的标记，是历史的烙印，是无字碑，展示着时光的踪迹与历史的沧桑。

作为茶马古道向西延伸的第一县，天全是不折不扣的天然氧吧，具有无可替代的历史人文底蕴与生态农业产业优势，将特殊地理、气候、物产、厚重历史与旅游业予以深度结合，可将天全县建设为"留得住人"的出入大盆地的休闲观光胜地,而二郎山恰是世人所瞩目的伟大地标。

二郎山筑路记

新筑川藏路有三大工程最为艰巨:二郎山、"橡皮路"、八大桥工程。

川交二处原党委书记邓天书近年致力于编纂公路志书,以亲身经历为线索,参阅大量档案,对我谈起了时任康藏公路修建司令部政治委员的穰明德。

第一个接受中央修筑进藏公路任务的正是穰明德。随即,贺龙司令员对他下达了指令:"我给你命令,九月一日通车甘孜。"

二郎山上的纪念碑,彰显川藏线"三不倒"精神

穰明德是参加过红军长征的干部，1912年出生于江西省莲花县，多年的革命生涯，把他锻炼成一位性格倔强、雷厉风行的实干家。后来成立康藏公路修建司令部，他兼任政治委员。在艰苦卓绝的4年时光里，在康藏公路全线，"穰部长"无人不知。也许这一姓氏较为罕见，不知从谁开始，把"穰"字不规则地简化成了"粮"字，读音由"让"变成了"郎"，以讹传讹，又约定俗成，人们就一直这么称呼开了。由于他对战士、民工特别关爱，深知其疾苦，总是为第一线战士、民工力争保障，"穰青天"之称，到了无人不知的程度。

作家高平指出："穰青天"的绰号是怎么来的呢？根据我的了解，是首先从技工大队传出来并且叫响了的。因为他一能坚持原则，铁面无私；二能关心群众，体恤下情。他在一次同我做深夜长谈时曾经说："对任何人我都决不姑息，对党内的人，我特别严。对我亲近的人，我不能有丝毫的宽。"有一年，他因为自己的亲弟弟组织关系办理不清晰，竟把弟弟送到公安局蹲了三天。他同妻子远隔两地，他笑着承认："我们夫妇也经常在通信中进行思想交锋。"他不止一次地宣称："对于保守主义者和向困难低头的人，我要做无情地斗争。"[①]

1950年3月，18军在乐山召开进军西藏的誓师大会，拉开了解放西藏的序幕。同年6月，进藏先遣连已经到达甘孜，昌都战役也即

---

① 高平:《修筑川藏公路亲历记》，中国藏学出版社，2001年，第10页。

将打响，物资及运输保障成为关系进藏成败的首要问题。二郎山的旧公路是国民党时期修建的，已经千疮百孔、荒草丛生，路面只有1米多宽，无法行车。旧公路经工兵奋力抢修，于1950年5月30日勉强能通车，但随着6月雨季的到来，又被严重的塌方及山洪阻断。前方的物资供应面临着极大的困难和威胁，尽快抢通公路成为当务之急，需要大批的人员投入。在这种情况下，18军54师党委决定把抢修二郎山险段的任务交给正在川西参加剿匪的162团。部队被紧急抽调回驻地邛崃，接受了抢通二郎山道路的新任务。

162团是18军中第一个投身筑路的步兵团，自成立以来一路南下、屡建战功。刚听到要去修路时，习惯于在枪林弹雨中拼杀的勇士们想不通：怎么一下子就要和泥巴、石头打交道？从组织上说，不过是一纸命令；但从思想感情上转不过弯来，甚至觉得比"能上能下""能官能民"还难！经过反复学习党中央和上级的有关指示，领会进藏的伟大意义与抢修公路的重要性和急迫性，战士们想通了：今天能够和泥巴、石头"打"起来，正是长年流血牺牲奋斗来的！因此，应该而且必须把战场上的拼劲儿拿到劳动中去！6月下旬，部队满怀着"开路先锋"的豪情，从邛崃踏上了奔赴二郎山的征程。①

---

① 《二郎山上不怕风来吹、不怕雪花飘》，《西藏日报》2016年8月16日。

部队汽车经过雅安后，就驶入了崎岖不平、弯曲陡峭的便道。停停走走，有时还要推车前进，再往前路况就更坏了，于是徒步行进。沿着公路走了十几公里，便是深山峡谷。便道多被塌方堵塞，或被洪水冲垮，断断续续，部队索性改走羊肠小道。经过两天半的艰苦跋涉，部队到达指定地点——两路口（今两路乡新沟村）。两路口是两条道路的岔口，一条翻越二郎山到泸定、康定方向，一条经后沟通往宝兴场方向。

在十分陡峭的坡地上安营扎寨后，大家才发现修路还是一门技术活儿。战士熟悉的是投弹、射击、拼刺刀、爆破，但是砸石头、垒堡坎、打炮眼是头一回，一时还掌握不了。刚开始，大家用十几斤的大铁锤打炮眼，可是打不准钢钎头，掌钢钎的战士手上青一块紫一块，还有砸出的血泡，伤病员不断增加……

但"三个臭皮匠赛过诸葛亮"，后来推广三人一组打炮眼法：一人掌钎，两人抡铁锤，随时轮换，减少休息，提高工效。另外，一些出生于农村的民工也想出了砸石头的好方法：利用树枝、树皮、旧布条等废物做成圈子，把石块放在圈内，用铁锤击打，既省力，也减少了石头飞溅造成的伤人事故。

部队在施工中遇到技术难题时，团部请来一位技术员，他向大家讲解了公路建筑结构原理以及泥石配料比例、路面铺筑、路拱横坡度、小涵洞设置和排水沟处理等技术，使指战员增长了筑路工程技术知识，减少了施工中走弯路或返工的现象。

二郎山上罕有人烟,没有集市,买不到蔬菜副食品,部队只好自己想办法,战士上山去挖野菜。他们出没在树丛、荒草、乱石之中,抵御着蚂蟥、虫蚁的袭击,割挖各种野菜,以满足大家的基本需要。作家高平在《川藏公路亲历记》中提到,162团的3连,专门抽调了朱庆顶等5个战士去挖野菜,在90天里一共割挖了野韭菜等各种野菜1150多斤。

解放军就是解放军,推进速度是神奇的。到1950年6月中旬,公路已经修到了二郎山腰。

二郎山海拔仅有3437米,但由于这里的气候是典型的"阴阳脸",阳面面对的是康区的高寒干燥气候,天气晴好;阴面面对的是川西温暖潮湿的气候,加上施工期正值夏天,雨水多不说,还时常夹杂着雪和冰雹,施工条件极为艰苦。

由于二郎山山体的结构是泥、沙、石的混合,土质不易黏合,雨水一冲很容易造成塌方。部队清理堵塞在山上老路基中长达几公里的泥石流形成的堆积层时,就付出了巨大代价。指战员们便开玩笑地说,那些频频出现的塌方,叫作"破坏交通的敌人"。因此,只要哪里出现了塌方,指挥员就大喊一声:"敌人阻碍运输了,干掉他!"战士们便跑步前进,一口气把路上的沙石收拾了。人们的身上沾满了泥水,于是大家就戏说,"穿的是呢(泥)

子军装"①。

6月25日那天，天气晴朗。解放军把公路修到了二郎山的山顶垭口。看到艳阳高照的雄伟山色，战士们放下了手中的铁镐、钢钎、撮箕，欢呼着跳起来……

作家高平回忆了一桩往事。他写过一篇歌颂高原驾驶兵的作品，其中有这样一句话："半个轮子悬在崖边开了过去。"穰明德看到了，毫不客气地说："这样的路能让汽车走吗？这哪里是人修的？是狗啃的嘛。你们这些同志就是爱犯片面性的毛病，表扬了开车的，却批评了修路的。"②从这件事情，可见穰明德的认真。

穰明德宽以待人、严于律己。在筑路实践中，他刻苦钻研，成长为公路专家，并将实践经验写成《西南公路建设中的若干问题》等著作，创建了西南交通专科学校（重庆交通大学前身），亲自担任校长。他在首届开学典礼上寄语师生"誓为前路坦途，甘当铺路石头"，今天已积淀为重庆交通大学"明德行远、交通天下"的校训精神和"甘当路石、进无止境"的办学传统。1953年和1954年共从康藏公路的

---

① 罗光德：《二郎山："分水岭"上的百年》，《雅安日报》2008年2月17日。
② 高平：《修筑川藏公路亲历记》，中国藏学出版社，2001年，第14页。

筑路工地上选送96人深造培训，其中有80人送往该校。

二郎山下，大渡河带着银光闪闪的波浪蜿蜒向东而去。周围的金栅山和大、小野牛山，及一座座相互牵连的无名山峰侧身耸立。蜿蜒曲折的盘山公路宛如一条长长的哈达，与山间参天古树和缭绕云雾融为一体。

70年的流金岁月，弹指而过；70年的筑路传奇，也留给了历史无数的想象和追忆。留在二郎山垭口上的那段长达25公里的盘山公路，也在2001年1月11日二郎山隧道全面建成通车后，逐渐淡出了人们的视野。在老公路的不少地段，甚至已经长出了齐腰的荒草，但生发于此的伟大传奇，从未停歇。

"烂池子"的故事

2020年6月3日，我在成都锦里西路某小区采访黄福昌老人，他是地方筑路单位里最早一批参加川藏公路修建的工人。他第一次翻越二郎山进藏是1952年4月，那正是二郎山最美的季节，森林郁郁葱葱，满山都是杜鹃花。从成都出发，必须在山脚下住一个晚上，那个山脚下的地方叫"烂池子"（也作"滥池子"）。在黄福昌的印象里，当时上下山的公路为碎石单行车道，行车困难。

在完成川藏公路建筑任务后，黄福昌万万没有想到，自己的命运

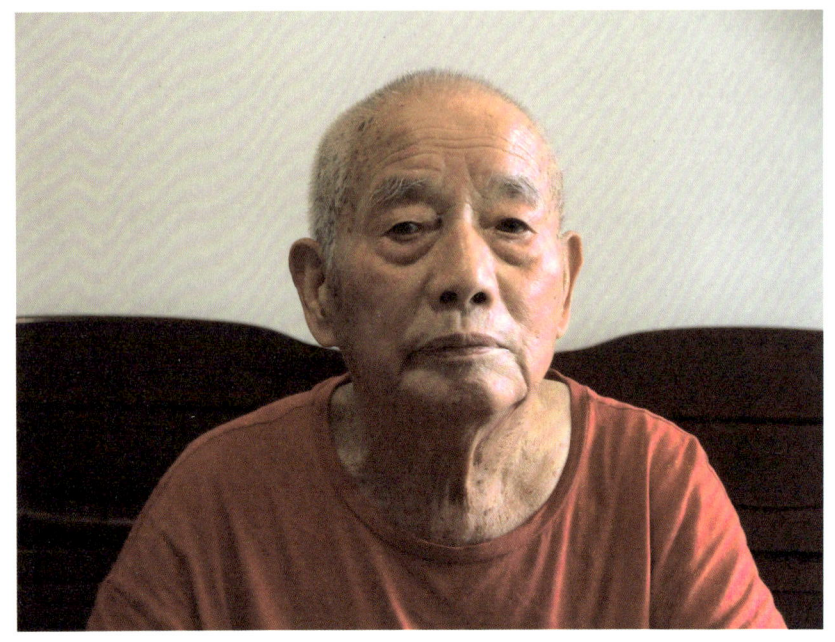

2020年6月3日,在成都锦里西路采访黄福昌(蒋蓝/摄)

竟会与二郎山紧紧连为一体。1957年,新沟汽车站就建在烂池子,黄福昌被分配在汽车站担任事务长。

往返川藏线成了黄福昌的家常便饭。我问起二郎山,他说最难忘的还是冬季行进,窄窄的小路随时可能被大雪封住,为了安全,人与牲口都不允许通行。而阴面山气候变幻莫测,可能刚才还是阳光灿烂,过不多久就会下起鹅毛大雪。暴风夹着雪,打到脸上、手上,刀割似的。如果不小心,掉进雪窝里或雪崖下,就永远也爬不起来了。那个时候,二郎山还有冰川,有人大声说话,山上就掉下一大块冰团砸下来。有一次在快到垭口的时候下起了雪，路被封了，而他正好赶上一个紧急任务，经请示，他被允许步行走到阳面山，就这样他和同事一起在冬天徒步走过了二郎山。

"烂池子"的名字有一番来历。

此地林木茂盛，阴湿多雨，地面又没有沥青，哪里经得住各种车辆的轮子碾压，各种牲畜的蹄子踩踏，各种行人的鞋子捣揉。这个翻越二郎山的必经之地，成了一片烂泥潭，怪不得人们把它叫烂池子。

烂池子自古是个小场镇，聚集了不少背茶包子翻山去打箭炉的背夫。这些人像是古代青衣羌国的后裔，身材不高，肋骨凸起，体格却像榨干了水分的竹篾，显露出异常的坚韧和强悍。他们脚上是青色绑腿，头上是青色头帕，身上布衣，腰间围裙，亦是非青即蓝。随身的口袋里，带海碗大小的玉麦馍馍，烤得干酥酥、两面黄，因此有"玉麦馍馍，吃了经得甩"之说，一路吃拢打箭炉。他们人人手里拿一根承重撑地的丁字拐，三尺长、砖头厚、篾编的茶包子，从背夹子里一直叠上去，可以叠七八包，甚至十来包，至少二百多斤。他们七八十步一歇，往二郎山小道攀爬……

烂池子的路的确很烂。参加过进藏筑路的作家高平撰文指出：因为刚刚修建好，"公路确实很窄，弯道与回头线不少，加之泥泞打滑，只得慢速行驶。由于山的南侧气候阴湿，林木格外茂密，豢养了许多飞禽走兽。听汽车驾驶员讲，不久以前有一辆运输牙膏的汽车，夜里在山上抛锚了,被一大群猴子包围起来,猴子们跳上车去,把一个个箱子撕开,又把每一管牙膏都咬上一口,因为觉得不好吃,扔得满山都是。驾驶员躲在驾驶室里,眼睁睁地看着这场闹剧演完,也不敢出来。"

到20世纪70年代,烂池子一带似乎与20世纪50年代相比并没有多少变化,来自水獭坪的孩子每天要走几十里山路到两路乡学校读书。山坡上种满了苞谷、红苕。公路局经常有干部来到新沟汽车站视察工作,偶尔来一个穿花裙子的女性,也会引得村民追着围观……

1953年,在川藏线即将全线通车之际,川藏兵站部汽车团在二郎

位于二郎山下烂池子的兵站(历史资料图片)

山下搭起了一个简易兵站,为过往车队烧水煮粥。一把菜刀、一把砍刀、一口铁锅、一副挑桶,就是当时烂池子兵站的全部家当。

二郎山是川藏线上第一道大山隘口,暴雨、泥石流、滑坡不断,百姓口中流传着"车上二郎山,如闯鬼门关。万幸不翻车,也得冻三天"的谚语。以往运输车辆都要在烂池子兵站休整,等第二天再翻越二郎山。烂池子兵站也因为保障有力,多次获得上级嘉奖。

随着2001年二郎山隧道的正式通车,通车里程缩短了25公里,烂池子兵站的重要性也日趋降低。2004年,烂池子兵站被正式撤销,记录着川藏线艰难历程的烂池子兵站成为历史。

《歌唱二郎山》诞生记

实事求是地说,二郎山之所以出名,并非全因山高路险。在川藏公路所经过的大山中,二郎山是海拔较低的一座。二郎山出名是由于歌曲《歌唱二郎山》的广为传唱。恰如作家高平在《徒步入藏:1951年随军进藏纪实》一书里所说,这个现象一方面说明时代机遇的重要性,另一方面也证实了艺术具有不可替代的影响力。

1950年7月,炎炎夏日,一首火爆的歌曲——《歌唱二郎山》传遍了大江南北,让全国人民都知道了解放军在"高万丈"的二郎山上艰苦筑路的英雄事迹。

二郎山盘山道（韩斌/摄）

1950年7月,在西南军政委员会安排下,西南军区文工团组织慰问团来到筑路一线慰问筑路部队,当时魏风担任慰问团的副团长,也是演出组的组长。在这个慰问团中,还有歌唱家孙占白、作家徐怀中、剧作家洛水等人。慰问团从重庆出发,一路风尘。快到成都了,孙占白在车上建议大家创作一首歌唱筑路的歌曲。讨论的结果是,大家都觉得写二郎山最有代表性。魏风建议徐怀中来创作歌词。徐怀中说他到了成都还要办事,建议洛水来写。洛水说他是搞话剧的,怕写不好,然而大家坚持这事非他莫属,洛水也就愉快地应承了下来。

只用一天的时间,《歌唱二郎山》的歌词就创作完成了。孙占白说,筑路部队中的战士大多来自河南、河北、山东等地。时乐濛当年创作了一首《千里跃进大别山》的组歌,其中有一首《红军回来了》,旋律明快,广受欢迎,是否可以"挪用"这个曲调呢?大家觉得很有道理,一致同意"老曲装新词"。《歌唱二郎山》就这样诞生了。

第一场慰问演出,是在新津县的筑路部队指挥部举行的。那一天,孙占白第一次登台演唱了这首歌。演唱完了,战士们热烈鼓掌不让他下台,非要他再唱一次。结果,他将这首歌连唱了4次。第二天,当他们乘车继续西进时,就听见沿途的战士们在学唱这首歌了……

"说到这首歌的影响,时乐濛老师给我讲了这样一个'龙门阵'。这个'龙门阵'是我国著名的板胡演奏家刘明源老师讲给他听的,那是20世纪60年代的事。当时,刘老师随我国一个文艺代表团到英国访问。一个英国男人找到他们,希望要一个《歌唱二郎山》的歌谱,这事让大家都觉得惊奇。细问,大家才了解到,原来这个英国男人曾是'联合国军',在朝鲜战场上被志愿军俘虏,在战俘营中天天都能听到这首歌,对这首歌十分熟悉,也十分喜爱,苦于没有歌谱,一直没有学会,所以这次他想要这个歌谱去学习。"[①]

四川路桥集团的老工人刘跃全出生于1922年,参加过川藏公路

---

① 郭昌平:《二郎山:一条生死险路的前世今生》,《甘孜日报》2018年8月31日。

的建设。后来每逢单位政治学习，他总是说："二郎山再高，也没有我们筑路人的脚板高。"一开会他就唱《歌唱二郎山》，这成了川交二处开会前的"保留节目"。据说，他声音沙哑，五音不全，但他每次必唱，已经是他的某种自发仪式。他一辈子只会唱这唯一的一首歌。

"二呀嘛二郎山，高呀嘛高万丈，枯树荒草遍山野，巨石满山岗，羊肠小道难行走，康藏交通被它挡。二呀嘛二郎山，哪怕你高万丈，解放军铁打的汉，下决心，坚如钢，要把那公路修到那西藏……"

我想，即使在未来的日子里，这样的旋律仍然会不时地萦萦而起。旋律与二郎山的故道、山风、森林、故事、纪念碑一道，永远是时代的地标。

二郎山今昔

修路主要分两个大面，下面的一般叫路基，持力层多是灰土换填，如果地下有水，要将水排干净，不能有明水，太湿了的话需要用砂卵石换填。这个要根据当初的勘察报告，确定用哪一种材料做路基，但都需要反复压实，达到设计图纸的压实系数。

按照这个要求，二郎山公路尽管修通了，但由于当年的筑路原则是"先通车，后加宽，先粗通，后达标"，道路等级低，路只有三四米宽，路边没有护栏，又是泥泞路，会车都不容易，所以道路维护从来就不能停止。

上部 | 川藏公路篇

二郎山公路（韩斌/摄）

二郎山还有特殊的"四害"危及交通运输：一是雪害，年降雪期达8个月左右，积雪期达5个月；二是冻害，由于日照少、气温低，最低气温零下20摄氏度，公路积雪经车轮碾压，形成"桐油凌"，恰似玻璃抹油，坚硬光滑，汽车防滑链条有时无效；三是雾害，主要在冬春季节，浓雾和云混合，能见度小于100米，雾最浓的地段，能见度只有35米，汽车防雾灯无济于事；四是水害，由于季风和暖湿空气影响，东侧阴山面年降水270天，年降水量2000毫米以上，山洪、泥石流时有发生，造成塌方断道，冲毁路基、桥梁。由于"四害"肆虐，公路路况甚差，交通不畅，事故频繁。据不完全统计，1975年至1983年9月，这一路段共发生交通事故16起（其中大事故5起），死亡104人，伤3人，车辆报废50辆。人们感叹："翻越二郎山，如过鬼门关。万幸不翻车，也得冻三天！"[①]

在距离二郎山隧道5公里的一个180度的山路弯道口，陡峭的山势在公路的上下坡段留下了一小块倾斜的空地，天全县路段的鸳鸯岩公路养护站便坐落于此。养护站俗称"道班"，而鸳鸯岩公路养护站是目前天全县境内海拔最高的一个道班，距离县城近90公里。鸳鸯岩公路养护站有很多过往人与车的故事，足以写一本书。

---

① 黄明登、王立显主编：《四川公路交通史（第二册）》，四川人民出版社，1998年，第183页。

此地多年的交通管制和道路特别维护，取得了遏制交通恶性事故的成效，但通车的艰难情况，一直延续到2001年1月二郎山老隧道的通车。老隧道的通车，使得天堑变通途，是里程碑式的跨越；2017年12月，雅康高速公路二郎山隧道通车，其再一次成为奇迹和壮举。

如今，二郎山老路上的"鬼招手""大板厂"等比较出名的弯道，还有"汽车到了水獭坪，不踩刹车自然停"等俗语，已经成为风中的传奇……山间有很多已经废弃、闲置的老桥，沙坪桥、大渔溪桥、水獭坪桥，像哨兵一样日夜守望着川藏线，述说当年筑路军民、汽车兵英勇顽强、不怕牺牲的故事。二郎山公路所包含的"两路精神"、人文情怀是不可磨灭的，这也是川藏线一直是人们口中经久不衰的话题的一大原因。

川藏公路永远是一种血性文化和精神图腾。

川藏公路八大桥

贾荣轩与飞仙关桥

地处芦山、天全、雅安三地交界的飞仙关,被誉为川藏线陆地"第一咽喉"。从成都出发,到雅安,经过飞仙关到天全县,然后到康定,最后到西藏,飞仙关是西出成都和茶马古道上的第一个关卡。

飞仙关吊桥位于四川省芦山县飞仙关镇飞仙关村熊河坝组与天全县多功乡多功村5组之间,作为全国为数不多的"三跨连续钢桁加劲悬索桥"之一,当时使用的材料都是就近取材的国产产品。飞仙关大桥作为川藏线上第一桥,是一座载入中国桥梁史册的钢架桥,也是新中国道桥专家们引为自豪的杰作。1950年6月,雅甘工程处决定在川藏公路的雅马段修建永久性的飞仙关桥和泸定桥。

川藏公路飞仙关大桥（韩斌／摄）

飞仙关桥的设计，由西南公路局委派工程师王应荣负责，经过反复比选，决定采用大跨径三跨连续钢桁加劲悬索桥，主跨76.6米，总长147米。[①]军情紧迫，快速建桥的重担就落在了从云南调来的工程技术负责人贾荣轩身上，由他担任飞仙关桥工程处主任。工程历时11个月，终于赶在1951年6月1日洪水到来前建成通车。刘伯承元帅欣然题写了"飞仙关桥"桥名。

---

① 大桥尺寸在当时属于机密，因而总长又有151.8米和163.86米之说。147米是年近90岁高龄的王应荣的回忆。

1972年，由川交一处07109工程队承建的飞仙关石拱大桥建成使用，桥长173米，桥面宽8米。通行了21年的飞仙关钢架桥自此"荣休"，成为历史文化遗产。随着经济的发展，石拱大桥难以满足通行需要。1996年，在大桥上游一侧进行了加宽，桥面宽度达到14.6米。就在如今的新桥桥址旁还残存着飞仙关石拱大桥的部分构造物，这段青衣江上的3座大桥见证了川藏南线的变迁……

飞仙关桥是新中国成立后，完完全全的"中国造"。当时使用的材料，都是就地取材的"国货"，比如钢材主要来自四川省（大渡河钢铁厂）制造的产品和收集当时库存的材料。来自云南的桥梁设计师贾荣轩颇有一番不凡经历，这要从中国桥梁设计师李靖森说起。

施工中的飞仙关大桥（原载《路桥》杂志）

抗战期间，李靖森一家住在云南为躲避日机空袭而组建的疏散基地"桃源新村"里，云南省原主席龙云委托他的父亲李吟秋担任石佛铁路（石屏到佛海，今西双版纳勐海县）筹备处处长，负责筹备、主办完成该线的勘测与实施事宜。李吟秋聘请了贾荣轩任勘测队的负责人，于是两家有了频繁交往。后来，石佛铁路项目被撤销，贾荣轩家也离开云南，两家人从此失去联系。在李靖森的脑海里，正是贾荣轩"工程师"的崇高称谓，影响了他的人生观。

李靖森多年探寻贾荣轩先生无果。直到进入 21 世纪，他结识了武汉的袁光宇高级工程师。不曾想踏破铁鞋无觅处，他寻找的贾荣轩先生与袁光宇的父亲是同事，两家还是邻居。而且，令他仰慕的贾荣轩先生是"川藏公路第一关"飞仙关桥工程的技术负责人。

历史是残酷的。飞仙关桥是贾荣轩工程师人生中的最后奉献——贾荣轩在 1952 年就含冤离世了。有资料记载，贾荣轩在主持完成飞仙关桥的建设任务回到重庆后，因有"财主""富翁"的外号而被人指责贪污受贿，以致这位倔强的知识分子以死抗争，跳楼自尽。

后来在为贾荣轩平反的大会上，穰明德高度评价贾荣轩工程师为川藏公路，尤其是为飞仙关大桥工程建设作出的巨大贡献，穰明德痛斥那些捏造者"给贾先生罗列的贪污款项，竟比中央所拨修建飞仙关大桥的钱还多……"

根据康藏公路修建司令部修路史料编辑委员会 1955 年 12 月编印

的《康藏公路修建史料汇编》等有关史料，尤其是"飞仙关桥实际用款和预算情况表"，飞仙关桥设计预算为1540703元，实际支出仅1049734元，是预算支出的68.1%，节约明显。

奇妙的是，在雅安民间一直有这样的传闻：飞仙关桥出自苏联专家之手，桥修得牢固，因为材料也来自苏联。

桥梁设计师李靖森在有关方面形成关于将飞仙关桥列入国家级文物保护单位的动议之前，于2011年2月发表文章，就飞仙关桥的修建问题指出："地方媒体几乎都是按民间传说，不容置疑地报道说该桥是'苏联的援华杰作'，关于飞仙关桥为谁人所建的问题，这段史实现在应该实事求是地澄清，以免再以讹传讹，这不仅是对建桥人的尊重，也是对史实的尊重；对一个地区人文景观的健康发展也有所裨益。"①

历史也是多情的。如今作为文物保护单位的飞仙关桥，无疑是川藏公路上的红色景点。桥东塔架正中为刘伯承题写的桥名"飞仙关桥"，桥东塔架两侧有西康省主席廖志高的题词"劳动创造世界飞仙天险何难克服""革命带来幸福闭塞边区从此繁荣"，至今仍然蕴含着丰富的内涵和勃勃生机。

---

① 彭华：《误读60年的"天路"第一钢架桥——飞仙关桥》，《雅安日报》2012年4月1日。

穰明德请3位工人喝酒

川藏公路有几大难关，建八大桥就是其中之一。一开始只是利用圆木架起来的便桥——现在看来都算不得是什么大工程了，当时还可以勉强通过，用来运输进藏物资，起的作用很大。事不凑巧，正碰上下大雨，本来就摇摇欲坠的八座桥，当穰明德政委赶到工地时，一夜之间被冲毁了很多。而此时已经到达甘孜的进藏先遣部队和民工队伍，正在粮荒的逼迫下，勒紧腰带，依靠寻找野生动植物度日，他们日夜巴望公路修通，运粮食的汽车尽快到来。

当时工程的指挥机关，领导上是工兵司令部，业务上是雅甘工程处。参加施工的有好几个工兵团和步兵团，还有数千技术工人。建设桥梁不同于修路，难度要大得多。比如在康青路的桥梁施工中，一度付出过巨大代价。1950年8月，工兵第12团正在架桥，河上漂流下来的木料打了垛，战士们在钩木拆垛时，木垛轰然溃泄，成千上万吨原木以排山倒海之势伴着急流冲压下来，11名战士当场牺牲。

作家高平记载道：

> 他们在新津开了紧急会议，在这次新津会议上研究抢修方案时，指挥员们发生了激烈的争论。他们给西南军区发了请示电报，军区批准了穰明德的意见，从重庆派来两架飞机，送来了工程师和器材。贺龙司令员答应了拨给他们所要的钢材，以致使成渝铁

路的铺轨推迟了3天。之后，又召开了天全县会议，研究了组织和技术问题，会上少不了又有所谓革新与保守的争论。架设钢桥，当时是缺乏经验的。用甘城道工程师的话说是"在过去修钢桥的机会还不太多"。穰明德部长则干脆承认"那时连18公尺长的钢架都摆不上去"。可不是么，那时才刚刚解放了几个月啊。

下面我讲一个事例：在抢修仙人桥时，如何把30吨重的根基钢架拉上去就成了问题。施工人员众说纷纭，一人一套办法，有的人甚至主张用绳子吊。遇到难事善于找群众商量的穰明德，带了一瓶酒（他直言不讳地向我表明过："我爱喝酒"）、四两花生，还有二斤面，找到了3位比较有经验懂技术的工人，请他们为架设钢桥出主意，同他们碰了杯。工人们哭了，他们说："做了一辈子工人，还没有这样一位首长和我们碰过杯。"发誓要把桥修成，当即提出了可行的方案。穰副部长说："你们不能走，先到房子里去休息。我去找人算账。"穰副部长知道，工人的理论水平不够，单靠工人还是不行的，他要去找工程技术人员进行计算。国民党和美国的安全系数是5，计算的结果则是1，甘城道工程师不安地说："少了一些！"正好汽车16团的团长来了，又将两台吊车调来，使安全系数达到了4，合乎苏联的标准。架桥成功了！[①]

[①] 高平：《修筑川藏公路亲历记》，中国藏学出版社，2001年，第11-12页。

上部 | 川藏公路篇

吴春涛（右）与妻子邓淑英（左）合影（原载四川科学技术出版社《川交年华》）

穰明德请3位工人喝酒的事，一直在工地上传为美谈，时隔多年仍然被"四川路桥"的工人提及。而其中一位，正是吴春涛。

吴春涛，江苏省崇明县（今为上海市崇明区）新河乡人，1909年农历三月三日生，1924年经同乡王林祁介绍到上海浦东祥生机器制造厂学起重工，以后到耶松南厂、江南造船厂、陶馥记营造厂当起重工。1937年抗日战争全面爆发，随营造厂参建潼关黄河大铁桥。太原失守后来到重庆，加盟民生轮船公司，后来在24和50兵工厂、山洞建川煤矿、四方机器厂、江北头塘起重工会、重庆南岸中国汽车厂、汇丽木器厂担任起重工。1950年5月到重庆大华公司架桥。1950年9月，吴春涛在西南交通部公路局交通建筑公司当起重工，后分配到中国公路总局第一工程局第一桥工队，他参加过飞仙关桥、泸定桥、大渡河桥、雅安桥、拉萨河桥、阿沛桥、甘孜桥、雅江桥、峨边桥、大堡桥、旺苍桥、北河桥、南河桥、天全禁门关桥、徐浩桥等的起重吊装。

沈石的《拉萨河上的桥》刊发于1954年12月的《人民日报》，是一篇反映拉萨河上桥梁修建的典型文章，我在其中终于发现了四川路桥人引以为傲的两位起重工廖金山、吴春涛的身影：

> 工程师甘城道负责全部桥梁工程。他有时在桥梁工程队队部的帐篷里，有时又坐上折叠舟到了工作台上。他的全部精力都放在桥梁上了。
>
> 起重工廖金山，戴着一顶黑色的皮帽，穿着一件蓝布面子的皮大衣，他成天在工作台上，指挥工人打桩。这位有着20多年工龄的老工人，他不知架过多少桥了。他一会儿看看桩插到河底的深度，一会儿看看桩是不是打得很直。碰到打桩有问题，他操着湘南口音，随时提醒工人。他曾经要求上夜班，桥工队队长周长发、指导员韩瑄都说："老廖，注意你的身体吧！决定性的工作还在最后几天哩！"有着30年工龄的老起重工吴春涛和老廖一样，也是成天守在工作台上。他们把自己的技术贡献在康藏公路上，又将自己的技术教给年轻的工人。桥工队一天天成长起来了，熟练的工人一天天增多了。他们在架设路线上最后一座桥的时候，回想起架过的桥梁，看看日渐壮大的队伍，他们的心头当

有所慰藉。

桥桩打好了，架桥最紧张的日子临近了。修建司令部的指挥员们，都日夜轮流地在工地上亲临指挥。沉重的钢架，利用绞车、钢索，一节一节地，缓缓地从两岸的桥基向中心架移过去。吴春涛、廖金山、魏延仁分别地扬着红旗和黄旗，站在离水面两丈多高的钢梁上指挥。河岸上拥挤的人群，目不转睛地注视着钢架的移动。钢架架好了，横梁纵梁架好了，桥面板铺好了，指挥员、工程师、工人们紧张劳动了 17 天，拉萨河大桥深水部分的工程竣工了。

河岸上掀起了欢呼声……[①]

一个筑路者只要一心一意修桥铺路，那么这个世界就不会有断桥绝路。一切苦难、挫折都会通过桥梁抵达彼岸。吴春涛曾经对徒弟反复说过一句话："空话建不成大桥。"

20 世纪 50 年代，四川省交通厅评选交通系统第一代"八大起重工装吊工"，就有魏延仁、吴春涛、李荣发、宋再生、郑子和、廖金山等人。

[①] 纪念川藏青藏公路通车三十周年筹委会办公室、西藏自治区交通厅文献组编：《纪念川藏青藏公路通车三十周年文献集·第二卷·筑路篇（上）》，西藏人民出版社，1984 年，第 109 页。

吴春涛于1961年从川交一处调至川交二处机运队、桥工二队做起重、修理等工作。他的人生辉煌点不仅仅是建设八大桥，更有惊人之举。

他热情耐心地培养彭正常、李治坤、曾德成、李必洛、彭学云等十多名青年学工，训练其掌握了起重、吊装、拖拉等基本操作技能，后来这些徒弟都成为架桥工中的骨干。2018年1月，峨眉电影制片厂导演苗月等人还专程采访吴春涛的徒弟彭学云、彭正常等人，了解起重、潜水等架桥施工工艺流程。

他在完成本单位架桥任务的同时，还支援了青白江桥、安福桥等的起重、拖拉作业，颇受员工们的爱戴和尊重，是四川交通系统第一代八大起重工之一。

1975年，四川化工厂从日本引进大型氨合成塔（重约350吨）等设备。当时没有大型运输、吊装设备，省里出面，由交通厅副厅长赵理等主持制造载重450吨平板车并组织有经验的起重工用卷扬机、扒杆等工具吊装。吴春涛被选中参加全程吊装，顺利完成任务，实为惊人之举，受到四川省化工厅和川化集团的赞扬。该项目获国家科技成果奖，赵理进京，受到党和国家领导人的接见和表彰。[①]

1994年6月18日，吴春涛走完了他坚实、勤勉的一生，享年85岁。

---

① 参考内部资料《史志通讯》2011年10月12日第18期。

大渡河悬索桥

大渡河上知名度最高的无疑是清代修建的泸定铁索桥。河上游距泸定铁索桥约 900 米处,有一座钢结构悬索桥,却鲜为人知。

遥想当年,解放军第 18 军"一面进军,一面建设",在修筑川藏公路的同时,修建了川藏公路大渡河第一座钢结构悬索桥。大桥于 1951 年建成通车,为解放西藏、巩固西南边陲做出了巨大贡献。2019 年,川藏公路大渡河悬索桥被列入第八批全国重点文物保护单位。

如今在泸定城内看不到那座桥,因为桥早就禁止通行,只有在大渡河对面才看得到全貌。悬索桥的东岸立有一块汉白玉石碑,正面刻有"四川省第七批重点文物保护单位大渡河桥,泸定县人民政府 2007 年 6 月 1 日"字样,背面是建桥的简要文字说明。桥头用铁栏封闭,只能看见锈迹斑斑的钢架和钢缆。桥头两侧是砖砌栏杆,每柱之间有建桥工具的浮雕,如扳手、夹钳、斧头等,色泽和装饰花纹依旧如昨。两座岗亭旁是 27 根钢索牵引的重力式锚锭,外面用青砖砌筑,酷似

大渡河桥(图片由四川路桥集团提供)

两座守护大桥的碉楼。在肃穆的气场中，人仿佛能呼吸到那个年代的气息。

东岸门式索塔横梁上书"大渡河桥"，由西南军政委员会主席刘伯承题写。索塔两侧是中国人民解放军总司令朱德题写的楹联："万里长征犹忆泸关险，三军远戍严防帝国侵。"西桥头正面竖有三道屏墙，左为18军军长张国华、政委谭冠三撰写的碑文，中间是毛泽东的《七律·长征》，右边为西南军区支援司令部、中国人民解放军第18军建桥碑记。桥西门式索塔两侧有西康省政府主席廖志高题写的楹联。

在桥西的正对面崖壁屏墙上，有西南军区支援司令部、中国人民解放军第18军题撰的《大渡河桥碑记》，阴刻的文字清晰可识：

一九三五年，中国工农红军在千难万险的长征途中，曾在这浪涛澎湃的大渡河上，遗留着我勇士们英雄史迹，永远为全国人民所敬仰而缅怀的。一九五〇年紧接着大西南解放事业以后，为了彻底完成解放西藏、巩固边防的任务，我们又踏上了红军光荣的圣迹。在西南刘、贺、邓首长的"一面进军、一面建设"号召下，由西南交通部负责修建钢索悬桥于大渡河上，既确保西陲交通之永畅，又巩固了我们的国防。爰于一九五〇年七月筹划并设计，十一月正式兴工。由于民工、兵工、技术人员等发扬了他们高度的爱国主义精神，竭尽智虑，终于克服一切困难，在一九五一年

上部 | 川藏公路篇

五月底胜利完成辉煌建桥任务。如此不仅使边陲交通称便，且对康藏的政治、经济、文化之长期建设有莫大裨益，更充分标志着劳动人民对建设祖国边疆之胜利信心。兹谨为文镌碑，以示永矢勿谖。

大渡桥横铁索寒

大渡河古称沫水、泸水、金川河等，自古以来就是四川通往康巴、西藏的天险。大渡河发源于青海果洛山南麓，它充满了桀骜不驯的高原野性，穿过雪山草原，劈开高山峡谷，一路波涛汹涌，势不可挡。两岸高山峡谷，河道陡峻，险滩密布，风急浪大，水寒彻骨，历来被进入康藏的商旅视为畏途。

大渡河由北向南，在泸定县冷竹关汇入康定河后，纵贯泸定全境，地理学上将泸定作为大渡

大渡河桥特种邮票（局部）

河上游与中游的分界线。泸定县城位于大渡河峡谷，两岸是海拔3000米以上的高山雪岭。自清康熙四十五年（1706年）后，泸定就成为东至雅安、西通康藏、北到丹巴、南达石棉的交通要道，所处的地理位置十分重要。石达开兵败大渡河，红军强渡大渡河、飞夺泸定桥，这些惊心动魄的历史事件都发生在泸定与石棉之间的大渡河上。

康熙三十九年（1700年）"西炉之役"后，苦于大渡河渡口不能行舟船，行人攀索悬渡，十分艰险，四川巡抚能泰在化林营80华里上游安乐坝择定地址，拟"仿铁索桥规制，建桥以便行旅"。经朝廷批准，天全土司奉旨造桥。康熙四十五年（1706年），泸定桥建成，康熙取"泸水平定"之意，御赐桥名"泸定桥"。从此泸定桥就成为连接藏汉交通的纽带，茶马古道的走向也因此发生了重大变化，大路经化林坪后，不再走沈村渡口，转道兴隆，溯大渡河北上，经冷碛、泸定，过铁索桥后，走咱里、烹坝、头道水至康定。至此，泸定桥成为川康往来之交通主道。

民国时期，时任西康省主席的刘文辉主持修建了从雅安经天全越二郎山至泸定、康定的川康公路，但由于二郎山的险峻和大渡河的阻隔，川康公路的通行能力仍然极为受限。1938年，任乃强考察川边，在《民国川边游踪之〈泸定考察记〉》中写道："他日川康、康滇两公路会合于此，另建钢桥以代索桥，可使汽车驰达两岸，桥成后，此地将成新西康省之交通中心。加以气候温和，物产颇丰，生活比较廉便。他日市场繁荣，预卜要炉城之上。"任乃强期待的"钢桥"始终是泡影，大渡河依然是汽车不能逾越的"天险"。①

1950年6月,西南军政委员会决定在泸定大渡河上修建一座永久性桥梁,并限期次年洪期前完成建桥任务。鉴于水文、地质、设备和工期等限制,由西南军政委员会交通部负责修建钢索吊桥,即悬索桥。这是川藏公路泸定大渡河上兴建的第一座现代悬索桥。

1950年7月,交通部开始筹划并为桥梁选址、设计、施工准备。选址定在城北桥头上村,距离泸定桥上游900米处。这里河面宽130米,水势比较平缓,康定岸为岩石,泸定岸为冲积层,便于架桥。悬索桥由西南公路工程局负责设计,雅甘工程处泸定大渡河桥工所组织施工。1950年9月1日,桥工所施工人员到达现场,施工队伍有常工班,18军工兵11团,从重庆招聘的起重工、铆焊工等技术工10余名,进场作施工准备。民工则由泸定县农民协会组织,担负材料、石灰等运输工作,并从中挑选出身体强壮者75人,作为建桥的主要力量,还有一部分临时工,担负砂石备料等辅助工作。11月中旬正式开工,次年5月31日竣工。

东西两岸门式索塔高16米,桥长132米,桥面宽4.5米。钢索是由27根直径约3厘米的钢丝组合成的主索,分布在索塔左右两侧,中

---

① 冯荣光:《川藏公路大渡河第一悬索桥》,《成都日报》2020年3月16日。

间分别由 45 根钢制吊杆将桥身悬吊在大渡河上，桥身由无数钢架铆焊而成，钢架上铺 0.5 米见方的方墩枕木，枕木上再铺"人"字形拼木。桥上可通行一辆卡车，最高载重量为 15 吨。

该桥总投资 147.5104 万元，实际支出占预算数的 86.2%。桥建成后，于 1952 年 6 月及 1955 年 4 月经受了 2 次 7 级左右的地震，可以照常通车。1970 年，在上游修建了双车道的双曲拱桥后，吊桥就封闭备用。

桥梁专家、时任第二施工局施工支队二桥队队长的黄渭泉撰文指出："全国解放初期，急于要改变旧中国的落后面貌，一切建设都具有百年大计的趋向，川藏公路桥梁工程也不例外。故一般均采用钢筋混凝土和钢结构等永久性材料建桥，几乎放弃了木结构桥梁。这说明当时对于社会主义建设的经验是不足的。在以后几年中，经过苏联专家的帮助和启发，为了争时间、抢速度，就地取材，推广苏联经验，大量地采用了木结构桥梁，跨径自 10 米一直做到 40 米。其中主要有跨径为 25、35、40 米的钉板梁，10 米以内的莱华式简支梁，33 米戛乌式桁架，18、19、20、25 米的八字撑托梁等。因而加速了川藏公路工程的进度。"[①]

[①] 纪念川藏青藏公路通车三十周年筹委会办公室、西藏自治区交通厅文献组编：《纪念川藏青藏公路通车三十周年文献集·第二卷·筑路篇（下）》，西藏人民出版社，1984 年，第 184 页。

"失踪"的第一踏勘队

川藏公路第一踏勘队

2020年是川藏公路开工70周年。6月29日,我再次采访了四川川交路桥有限责任公司工程分公司原党委书记邓天书,请他详谈川藏公路建设初期的情况。

在邓天书心里,川藏公路是一个国家、一个时代的杰作,除了解放军、筑路工人的巨大付出之外,也与许多专家的聪明才智和工程技术人员的创造性工作密不可分。可以说,一旦离开了设计者的智慧,建设川藏公路是无法想象的。

邓天书说,最让我们难忘的,是有"人民工程师"之称的余炯。

余炯1907年出生在四川省威远县,1934年毕业于国立武汉大学工学院土木系，新中国成立之前曾经担任江苏省公路局以及四川省公路局工程师、总段长等职。可以说，他是一位资历丰富的"老公路"。

俗话说："兵马未动，粮草先行。"那么借用一下，可以说公路开建，测量第一。川藏公路路线的踏勘与测量中，先后有十多支踏勘队、测量队在千山万水之间进行艰苦丈量、比对。

1951年1月1日，工程师余炯接到重庆公路总段转来的西南交通部电话通知，派他担任昌都至拉萨公路踏勘队队长。同时告之，工程处没有任何关于西藏的现成资料。3月份，余炯与工程师赵厚孝、技术员刘黎光、会计易光庭、实习生曾庆高、工人金相贵组成的6人小队赶赴新津18军后方司令部，陈明义司令员接见了由余炯工程师带领的第一踏勘队。

陈明义司令员对大家说："我们的确没有地质、勘探资料。世界屋脊上修公路，前无古人。你们是世界屋脊上修公路的第一踏勘队。这个任务是十分艰苦的，又是十分光荣的！这里只给你们准备了一份西藏地图和中路的简要资料，可供参考。"踏勘队没有电台，陈明义嘱咐他们到沿途兵站去发报，与司令部保持联系，顺便解决踏勘队员的生活补给问题。他们十分激动，来不及回成都准备冬季的服装，与新调来的工程师叶祖镕汇合后，踏勘队7人就背着糌粑、帐篷，带着罗盘、计步器等最简易的工具准备出发。18军派出杨士举担任踏勘队指导员，这样一行人开始了万里征程。

当时，"踏勘队的业务分工是：由余炯负责选线及桥涵调查，工程师赵厚孝负责土石方数据调查，叶祖镕负责地形图测绘，技术员刘黎光负责测距离和高程，实习生曾庆高负责读角和经济调查。为了保证踏勘的质量和节省开支，决定全队人员除因重病及特殊情况外，一律步行踏勘，不骑马。"[1]

踏勘队必须去寻找最为合理的捷径，所以不可能沿着村寨、大路而行，他们逐渐进入了无人区。于是，有时在原始森林里露宿，有时在石崖上和山洞中过夜，加上携带的勘测设备、食品较多，可以说每个人的体能付出，达到了"生命中难以承载之重"。但他们依靠铁一般的意志，翻越了多座大山，徒步行程极长，提出了7条比较路线；积累了大量的第一手资料并计算出许多原始数据，为选择最佳线路提供了重要的科学依据。这中间灌注着科技工作者多少心血和智慧！

工程师余炯率领的第一踏勘队，为踏勘昌都、拉萨间的线路，找到一条更合理的捷径，跋涉于北路、中路、小北路和拉萨至则拉宗之间。有关资料指出，余炯率领的踏勘队舍弃了中路，只踏勘南、北两路。南路一般海拔低，气候比北路温和，村庄和耕地多于北路，有利于发展经济，不缺筑路材料。踏勘队原准备以南路为主，先行踏勘。北路地势高寒，人烟稀少，可作为南路的比较线，从拉萨回程时再踏勘。

---

[1] 张小康：《雪域长歌》，《北京青年报》2014年7月13日。

但事与愿违，南路一线未设兵站。由于踏勘队没有通信器材，面对茫茫雪原与崇山峻岭，联系就此中断。

幸好有踏勘队队员的回忆录，让人们得知发生了什么。

他们走过从没有人走过的地方。愈是没人走过的雪山顶或悬崖绝壁上他们爬的次数愈多。他们在积雪上睡过觉，在野兽啸叫的原始森林里度过了许多夜晚。在风雪弥漫的大草原上，围着火绘过地形图，在野山羊经过的崖洞里避过风雨。帆布衣服穿不到两个月，就得缝了又缝。但谈起艰苦和困难来，勘测队员们却说："这是我们的光荣。"有一次通过一段峡谷，两岸陡崖夹着江水，浩荡的江面到这里只有几十米宽。过石崖时只要稍一疏忽就会跌到江里。他们在峡谷里碰到一段连着脚的地方也没有的峭壁。经过仔细寻找，才发现了一排石窝。这是很早以前人们凿下的，由于年代久远，连里面横插的木桩都已腐朽脱落了。他们就光脚踏着石窝，手扣着石缝一个个通过，有些石窝已经风化了，脚踩上去碎石块就往下落。当踏勘队队长余炯踏上最后一个石窝时，脚已从石窝里滑出去了，眼看就要出事。这时幸亏有一个已经过去的藏族同志洛降泽赶忙伸过一支臂膀，让余炯踏着他的手掌才勉强走过去。这支勘测队通过藏北大草原时，曾走过七天水草地。那时候他们不是一步一步走，而是从这个草墩上跳到另一个草墩上。有时天亮上路，到天黑只能跳六七公里路。他们就这样完成了勘测任务。①

新华社高级记者、作家陈辉指出："为了勘察一条合理的、理想的路线，他们要冒着生命危险通过人迹罕至的悬崖绝壁，蹚过冰冷的激流湍涧。冬季在零下30多摄氏度的山顶上，冰雪漫天、寒风刺骨；夏季在多雨的通麦、林芝原始森林，踩着腐烂的树叶，提防着老虎、棕熊、雪豹等野兽的突然袭击，忍受着蚂蟥、蚊虫的叮咬，坚持踏勘。他们稍有不慎，就有冻僵在山顶或滑坡坠落深渊的危险。踏勘人员，有时靠在石崖下或躺在没膝的雪地里度过漫长的寒夜；有时白天累得疲惫不堪，晚上还得站岗放哨。"

筑路部队司令部早就注意到，1951年春天派出去的踏勘队，有的还没有回来！特别是以余炯为队长的第一踏勘队。作家杨星火在《高路入云端——陈明义将军传》里写道："每天黄昏时分，陈明义司令员和穰明德政委都要爬到屋顶上去盼望。望着那弯弯曲曲的通向西方的小路，望着那小路尽头的云山，望着那云雾深处忽隐忽现的雪

---

① 纪念川藏青藏公路通车三十周年筹委会办公室、西藏自治区交通厅文献组编：《纪念川藏青藏公路通车三十周年文献集·第二卷·筑路篇（上）》，西藏人民出版社，1984年，第2-3页。

峰。"

1952 年 9 月，当余炯带领踏勘队完成任务回到昌都时，大家衣衫破烂、满头长发、胡须满腮、面黄肌瘦。筑路部队司令员陈明义和穰明德政委紧握他们的踏勘报告，凝视着他们历尽艰辛的面容，忍不住流下了滚滚热泪："欢迎你们！你们是世界屋脊第一条公路的开路先锋！"

几天后，第一踏勘队的地形图和踏勘调查报告都绘写完成了。他们将地形图用图钉钉在墙上拼接时，基本都能闭合，大家感到无限欣慰，一切付出都是值得的。这是全体队员经过长途跋涉共同努力的成果啊。

这时，康藏工程处已经改组为第二工程局，总部设立在昌都。余炯在总结会上说，没有按原计划进入南路踏勘是十分遗憾的。该段由上级另组踏勘队伍进行了踏勘。后经分析比较和上级批准，川藏公路采用了由然乌进波密，翻越色季拉山，经林芝、太昭至拉萨的路线。这条线在当时的踏勘图中称中路，以后统称为南线。

第一踏勘队翻越 62 座山峰，步行翻越雪山 51 座，越过了 600 多条大小河流，勘测出 3200 多公里的路线用于比较，历时 1 年零 4 个月，来来回回走了 6700 多公里。

为开路者开路

在完成川藏公路勘测任务 30 多年后，工程师余炯写作的《川藏公路昌都至拉萨段踏勘纪行》一文里，有几个十分感人的片段：

我们出发踏勘的第二天就碰上雀儿山，山上山下盖着厚厚的积雪。我从山脚登高到几十米处，已感到呼吸十分困难，双腿陷入雪窝二尺，真个是举步艰难，走一阵喘一阵，午后 5 点左右爬到山垭口时，手脸已冻麻木。晚上 9 点前后才下到山西侧的西台站，这里仍是冰天雪地！行军一天又冷又饿又累。有的人一停下来就晕倒在雪窝里！我们在雪地上一面搭帐篷一面烧晚饭。夜来睡在雪地上，严寒缺氧，难于入睡！第二天我们又继续前进。为了踏勘公路，我们终于克服了意想不到的艰苦困难，翻过了雀儿山！

我们登上了唐古拉色季拉！在这冰雪世界里踏勘公路，我们都得了雪盲，双眼疼痛难忍！我们看见藏胞把长头发披在眼前走路，我们就把手帕扎些小眼，吊在眼前，减少雪光的刺激。这种土办法使我们减少了雪盲症的威胁，在这海拔 5000 米以上的雪山草原上，完成了踏勘任务！

我们来到雅鲁藏布江大峡谷。有一段路在坡陡 50 多度的光溜溜的大石岩上，凿了一行脚印作为唯一通道。过这岩时要先出右脚，在岩上才能换脚。我不知道，先出左脚。走了几步，两脚换不过来，既不能前进，又不能后退，双脚发抖，脚下是万丈波涛！在这危险时刻，幸亏一位藏胞赶回来扶住我，我才心惊胆战地过了这座悬崖！要不是那位藏胞，我早就"光荣"了！

我们踏勘的里程共计3200余公里！来回行程6700公里。往返共翻过大雪山60座，步行翻越大雪山51座！①

余炯在文中提到的雪盲症，在当时川藏公路的筑路大军里很流行，亦称"日光眼炎"。这是一种急性光源性眼病，主要因强烈的阳光通过雪地反射，经过晶体的聚焦到达视网膜黄斑部，造成组织的热灼伤而致视力下降，表现为双眼刺痛、灼痛、眼睑痉挛、结膜充血、水肿、畏光、流泪、视物变形等；严重者角膜出现弥漫性上皮脱落，造成暂时性失明，其危害较大。其实，这是严重缺乏维生素C的后果；另外，如果有一副护目镜就可以大大减轻病症，问题是那时哪来护目镜呢？

如果说公路建设者是开路先锋，那么踏勘队、测量队就是为"开路者开路"。担当这样的角色，不能不让人想起孟子的一段话："故天将降大任于是人也，必先苦其心志，劳其筋骨，饿其体肤，空乏其身，

---

① 纪念川藏青藏公路通车三十周年筹委会办公室、西藏自治区交通厅文献组编：《纪念川藏青藏公路通车三十周年文献集·第二卷·筑路篇（下）》，西藏人民出版社，1984年，第5-16页。

行拂乱其所为，所以动心忍性，曾益其所不能……"

无尽的怀念

第一踏勘队一路上还有不少奇遇："过墨竹工卡后，开始翻越海拔4914米的工布帕拉大雪山。垭口两侧都在雪线以上，山势陡，公路线通过这里是比较困难的。但由于雪厚不安全，没有探索附近有无比较低的垭口。半山陡岩上，时有三五只山羊寻食。当我们转过一个突出的岩嘴时，忽然看见一只狼在路边吃刚咬死的大山羊。放枪打狼未中，它飞快地逃跑了。我们把这只被咬死的大山羊拿走，一连吃了几餐，其味很鲜，算是'打了个大牙祭'。从太昭沿尼洋河至则拉宗，到处是耕地和村庄，还有不少的大森林。途中曾遇到狗熊。大家赶快躲起来，让它蹒跚走离人行道之后，才飞步而过。"[①]

像余炯带领的这样的踏勘队，川藏公路建设司令部陆续派出了十多支。他们的科学态度和求真精神是十分令人钦佩的。在川藏公路的修建中，建设司令部党委十分重视发挥工程技术人员的作用。尽管筑路大军中的知识分子大部分是从旧社会过来的，但这些知识分子把一

[①] 《纪念川藏青藏公路通车三十周年文献集·第二卷·筑路篇（下）》，第12页。

腔热血和才华，真诚地投入到了新中国的建设事业当中。新中国建立之前，余炯就已经是公路设计专家，得知1950年国家修建川藏公路，他主动请缨。他们在政治上、思想上努力消除自己存在的一些旧影响，置身一个伟大的新时代，他们被激发起的冲天干劲儿与忘我的无私奉献，兑现了"知识报国"的人生承诺。

余炯因其艰苦卓绝的奉献，被当时的报刊赞誉为"人民工程师"。[1]

川藏公路建成后，余炯回到了阔别几年的成都，他的孩子们都不大能认出皮肤黝黑的父亲了。他于1958年光荣入党。余炯不是那种话多的人，从不讲他自己，只有谈到公路才说个不停。他担任过川交二处副处长，后来担任四川省公路局副局长、总工程师等，还参与过108国道上著名的广元明月峡隧道的设计。

余炯于1992年2月12日病逝于成都。

20世纪80年代，第一踏勘队的工程师叶祖镕也撰写了回忆文章《川藏公路昌都至拉萨段踏勘片段》，他在结尾充满深情地写道："三十二年过去了。在我写这篇回忆时，又引起对当年在西藏高原上并肩战斗的战友的怀念。战友们！祝福你们！让我们永远记住当年共同战斗的日子吧！"这样的战友深情，宛若塔松屹立于青藏高原。

---

[1] 《四川川交路桥有限责任公司志》编纂委员会编：《四川川交路桥有限责任公司志》，四川科学技术出版社，2018年，第937页。

雀儿山传奇

打通雀儿山是进军昌都的基础

新中国成立之前,西藏地区几乎没有公路。所谓"几乎",在于拉萨城内有很短的石头面路和泥沙面路,当时拉萨只有两辆小轿车。

中共中央、毛泽东主席在决策向西藏进军时就决定向西藏修筑公路,提出了"一面进军,一面建设"的方针。《十七条协议》签订后,中央及18军首长都明确提出修通公路是争取进藏部队在西藏站稳脚跟、经营与建设西藏的关键所在,必须尽最大努力尽快完成。而打通雀儿山则是通车昌都的基础,这也是康藏公路由成都到拉萨的第一险关。

1951年初冬时节,18军后方筑路部队在司令员陈明义和穰明德政委的带领下,与抽调的修建甘孜机场的部分部队先期突击。此后,

刚刚通车的川藏公路雀儿山段（原载四川人民出版社《四川公路交通史》）

54师160团、53师159团以及工兵第8团、157团、162团及康藏公路工程处2个施工大队，共1.2万人投入到雀儿山施工区。经过近20个月的艰苦奋战，终于在1952年11月20日通车昌都。

公路设计从雀儿山垭口通过，上山到下山线路总长60余公里，山上有很多地带是永久冻土层，施工难度极大。

如何攻克永久冻土层？

当时康藏公路工程处的老职工回忆说："施工人员在对冻土层施工时用火攻法，就是将树枝和木材放在地上烧烤，烤化一层，挖掘一层……终于攻克了20多公里的冻土地带。"

但即便是烧烤冻土,也是不容易的。

烧烤冻土,一开始进行得比较顺利。但没过两天,就发现新问题了,因为谁也没有遇到过。其中最突出的问题是,施工地段长达数十公里,要烧化几尺深的冻土,需要数量巨大的木柴。

一位参加雀儿山施工的技术员回忆:"烧 800 斤柴也不过化开两寸深。"

而大雪封山,积雪盈尺,空手走路都喘气不已,还要去砍柴、捡柴、背柴就更为艰难。同时,大家还意识到一个更为棘手的事实:由于天气太冷,工地气温常在零下二三十摄氏度,白天烧化了的冻土,夜晚又被冻住;上面土层烧化了,下面仍是那样坚硬。为了解决这些问题,解放军、工人每天要在冰天雪地里往返数十里,把大树、灌木一棵一棵地砍伐下来,拣起捆好,运回工地,一旦开始烧烤冻土,就不能停止。烧化一层,开完一层;接着再开始烧烤下一层冻土……

曾参加雀儿山筑路的人回忆说,砍柴、烧烤、冻土,是自己一生修路中的奇迹。高原上的天气是多变的,不知给大家出了多少难题。比如刚才还是晴空万里,阳光普照大地,说不定从哪里冒出一团黑云,霎时就会天昏地暗,雪花夹着冰雹呼啸而来,扑打得人们寸步难行。但就是爬,也要把背上的木柴背回工地。

遭遇巨大的孤石挡道,又怎么办?

筑路部队对民工的爱护、关心、照顾,激发了民工们的积极性、创造性。在挖填土方中，有时遇到孤立的巨大石块，民工就在大石块四周放柴猛烧，再用冷水猛浇已滚烫的巨石，使巨石裂成碎块，然后清除。筑路指挥部及时推广了民工们的经验，使工效不断提高。

这些方法，让人联想起秦国蜀地太守李冰建造都江堰开山时采用古蜀遗传下来的烧石法：先用火烧几天，然后把冰凉的江水引进来，利用热胀冷缩的原理使石头爆裂碎开。

当然，遇到巨大体量的山岩，爆破是必需的。

10月的雀儿山已经是冰封雪裹。战士、民工手握的钢钎像是"冰棍"，久了松开手就被粘掉一层皮；有的人抡铁锤，虎口连冻带震裂开了口，流淌的鲜血变成殷红的冰凌……当时工地上，大家的手都是伤痕累累、长着冻疮，遇到领导来工地慰问时，要与领导握手，大家反而迟疑扭捏起来。

过了70年，当时在康藏公路工程处七大队四中队四分队的筑路民工黄寿康，回忆起在雀儿山放炮炸石头，仍然心有余悸：

> 为了加快工程进度，工程处决定采取爆破的形式炸开冻土。炸药须请示领导才能使用，不能超耗使用。申请炸药后的一天晚上，有位吴姓工人半夜起来抽烟，不小心点燃了炸药，爆炸声响起时，大家在睡梦中的第一反应，就是裹着被子顺势滚出帐篷。这次事故，除了吴姓工友的脸和手被炸伤外，其他人都没有受

伤……太难了、太难了，太险太险，一不小心就会出人命。在黄寿康的记忆里，有两件事与放炮密切相关：……一次要放50公斤的大炮，炸药放好后，全靠人喊来通知沿线做好隐藏。但炸药爆炸后的威力难以估计，一块石头炸到159团一名战士的头上，战士当场死亡。另一件事是我所在分队的队长周海如，一位有苦活、累活抢着干，有危险自己上的好领导。一天在打半山山洞时，周海如自己爬上3米多高的半山排哑炮，刚排一会儿哑炮就炸了，来不及躲藏的周海如被炸得掉下来了，在送往医院的路上就牺牲了。①

因为冻土、岩石及大风大雪的恶劣环境，到1951年12月底，解放军、民工即使每天工作10个小时以上，整个雀儿山工程进度还是非常缓慢。但即使缓慢，道路在上万人的生命、鲜血浇灌下，还是一寸一寸地推进。

解放军班长张福林是炮兵，钻研开山放炮技术，采用放大炮爆破方法，使全班平均工效提高了24倍。1951年12月10日，放好的炸药没响，他去检查时被坠落的巨石砸中，英勇牺牲，长眠在雀儿山山

---

① 陈文琪、王建霞：《川藏公路上的青春故事》，《中国公路》2018年第24期。

腰的西台。"同志们检点张福林遗物的时候,发现在他的挂包里有5包菜籽和1本日记。战士记得,这5包菜籽是他进军康藏高原以前,用自己的津贴在四川买的。那时候,张福林就向往着在康藏高原播下种子,让同志们和藏族同胞都能吃到新鲜的蔬菜。"[①]

在很多筑路人眼里,这5包来自四川省的菜籽寓意太深刻了,包含着筑路大军的殷殷期盼。

晚年时,黄寿康总结说:"把青春献给西藏的几年,我学会了不惧怕困难,这对我之后的生活和工作有着重要的影响。面对一座雪山,它是否有山神我不知道。但我寄托在那里有太多太多的情感,所以对于我来说,山永远是活的。"

一位保卫干事眼里的川藏公路

有人说,有一条路,每个人非走不可,那就是年轻时走的弯路。

这里所说的"弯路"自然是一种象征,但很多人走过来了,却并

[①] 纪念川藏青藏公路通车三十周年筹委会办公室、西藏自治区交通厅文献组编:《纪念川藏青藏公路通车三十周年文献集·第三卷·英烈篇·艺文篇》,西藏人民出版社,1984年,第8页。

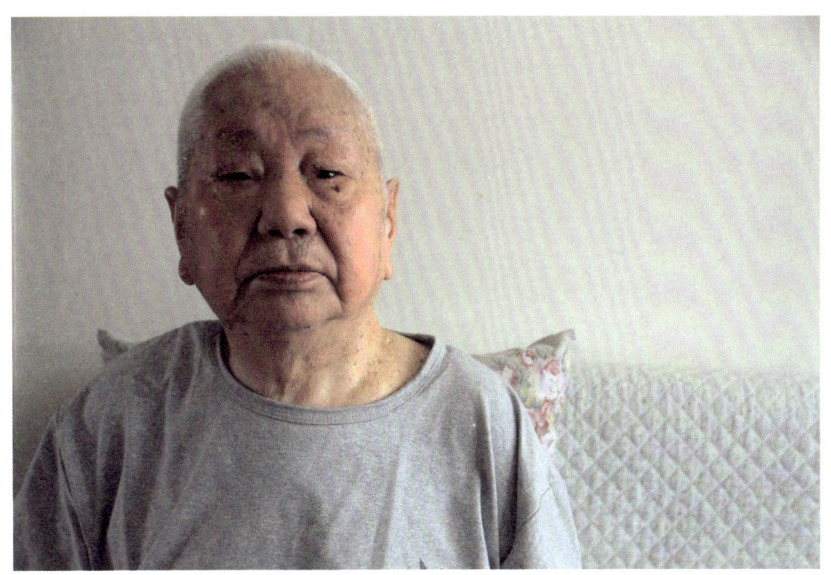

2020年6月5日,采访朱昌全(蒋蓝/摄)

不是这样认为的。

2020年6月5日上午,我来到成都锦里西路某小区,准备采访朱昌全老人。

朱昌全1929年10月4日出生在成都暑袜街,算得上是老资格的"成都人"了。一谈到川藏公路,他闭着的眼皮睁开了一条缝,漏出缕缕精光:"我到了眼前事过目即忘、往事越来越清晰的年龄。但有一个时间节点我记得分外清楚——1952年4月20日,那是我们筑路大军在成都集中出发的日子……"

朱昌全说:"当时我们上千个民工是配合18军康藏工程处的道

路修建、维修工作，后来我们才归属于西南交通部公路总局第一工程局第二施工局。我们分乘几十辆崭新的苏联吉尔卡车从成都出发，车厢挡板都还没有来得及加高就投入使用了，这也看得出修建川藏公路是国家的头等大事，急迫啊！我记得，出发当天晚上我们住邛崃县黄土坡；第二天翻越遍布泥泞险路的二郎山后，住在烂池子；第三天到达康定塔公草原；第四天到达道孚；接着是炉霍，甘孜的大金、小金；是哪一天到达甘孜藏族自治州德格县100公里之外的马尼干戈，我记不清楚了。雅安至马尼干戈段道路1950年动工，是利用旧线改筑而成。马尼干戈到拉萨段1951年动工，于1954年通车。"

川藏全线越过二郎山、折多山、雀儿山、雪奇拉、达马拉、甲皮拉、卡集拉、安久拉、色季拉、矮拉山、米拉山等大山；跨过岷江、青衣江、大渡河、雅砻江、金沙江、澜沧江、怒江、卡达河、易贡河、东久河、尼洋河、雅鲁藏布江上游拉萨河等众多江河；越过数百条溪涧、多处飞瀑水网地带；穿过遮天蔽日的波密、通麦、林芝、安久拉原始森林；涉过甘孜、江达、邦达、八宿、然乌、鲁朗数百平方公里的草原、戈壁、沼泽。工程之艰巨举世罕见。

朱昌全工作认真而干练，得到了技工大队和中队干部（均为18军军人）的表扬，后被提拔为保卫干事，配备枪支。因为工地保卫工作的特殊性，朱昌全去了很多工人不会去的地方，称得上是见多识广。

当时修路都是从徒手打錾子开始的。那时的标准现在看来并不高：

三层路面，一层石灰、一层黏土、一层石子，轧平后形成公路。即使如此，却是异乎寻常地艰巨。

公路推进到四川甘孜县东南部的拖坝乡，"拖坝"在藏语里意为"南方"。1936年中国工农红军长征时，红四方面军与红六军团会师于此。这里是甘孜县的东大门，川藏公路317国道横穿境内，也是历史悠久的茶马古道北线的主要道口。

这一带海拔均在3000米之上，地广人稀。朱昌全所在的施工队伍展开工作，适逢雨季，他们宛如置身泥泞的汪洋。下半夜又开始下雪，简陋的工棚四面漏水，实在无法入睡，大家只好坐起身，找盆子、空桶顶在头上。鹅毛大雪迅疾地映亮了黑夜，黑黝黝的山影里，好像有黑影在飞纵，工友们都陷入了长久的沉默……

更不幸的是，因为道路中断，粮食无法运到工地，已经断粮几日了，靠仅剩的一点黄豆度日。当时筑路部队有明确规定，鉴于当地群众生活清苦，粮食很少，禁止施工单位向当地群众购买食品。

但这些艰难困苦，比起在雀儿山所遭遇的，似乎是小巫见大巫。

朱昌全获得的1952年成渝铁路通车纪念章

1952年的筑路任务非常明确——打通马昌段，就是把道路从马尼干戈修通到昌都，全程450公里。在重修康青路的过程中，只打通过二郎山和折多山两座大山；而在马昌段，则要征服雀儿山、独木岭、矮拉山、宗义拉山、育吉拉山、甲皮拉山、达马拉山等多座大雪山，其中海拔最高的是雀儿山。

雀儿山位于青藏高原东南部，藏语叫"绒麦俄扎"，意思是"山鹰飞不过的山峰"，主峰顶尖海拔6168米。"雀儿"一词，是汉族人取其与藏语"俄扎"读音近似的一种叫法。那里终年积雪不化，几乎见不到一只雀儿的踪影。公路通过点的山垭最高处，一年当中只有3个月左右没有下雪。

1950年开始，参与修路的第一期人员就达到了10余万人——包括解放军、工程技术人员和各族民工，他们在极端困难条件下，结下了血肉相连的情谊。朱昌全说："也许今生我与那里的工友不会再见面了。但我相信，凡是到过雀儿山的人，都不会忘记那几万人的巨大付出。"

流沙与橡皮路

在雀儿山一带修路，开山裂石之外，最困难的工程大概就是处理流沙与治理"橡皮路"。

川藏路上有很多流沙地带，又以牛踏沟最为集中。牛踏沟长约30

公里，就有 27 处流沙，两侧都是峻峭亘古的石峰。

流沙是山上石头经过冰雪浸泡后风化所形成的沙坡。经常是工人在下面开挖，流沙就从上面滚滚而下，真可谓"上面流不止，下面挖不尽"。最讨厌的是沙里还夹杂着无数的大小石块，当沙往下流动的时候，石头也跟着就滚下来了，有些拳头大小的石头突然弹跳起来，很容易伤人。为此，解放军战士和民工常常顶着铁皮桶施工。施工是首先在沙坡上打木桩，有时候一排排的木桩被流沙冲垮了，有时候石沙又从桩缝中漏出来……后来不得不采用砌内堡坎的办法，就是在流沙坡脚与路基相接处修一道石墙，以便堵住流沙，但往往费时费力。

找到了方法，流沙的危害总算逐渐被筑路勇士克服了。尽管在二郎山一线也遇到过"橡皮路"，当时并不特别严重；可是在雀儿山，"橡皮路"对道路构成直接威胁，才是最让人头痛的。

橡皮路也称翻浆路，在厚厚的草皮下既有泥水，也有冻土，被汽车压来压去，路面就变成了富有弹性的地表层，进而又变成了陷车的泥坑。进藏初期，凡是走过康青路的人，不管是坐车的还是开车的，一提起橡皮路，无不摇头色变，心有余悸。

折多山下就有一段橡皮路，过往卡车经常陷进去，进退维谷。这时只好用美国的十轮大卡车，拴上钢丝绳往外拉，一辆拖一辆，有时一个车队一天只能前进几百米。这确实是公路中的陷阱，是需要重点解决的问题。

这种路一般出现在泥土厚而又有地下水源的地方，地面的泥土常常被水浸渍而变成很深的淤泥。汽车从上面驶过，它好像泥淖一样就把车轮陷下去了。我在采访朱昌全时，他谈到当时技工大队的工人们总结的处理方法：这种路初修时由于没有经验，只在表面填入木柴，但是填一层陷一层，再填一层再陷一层，陷得无休无止，仍然解决不了陷车问题。最后还是彻底挖掉厚厚的淤泥，一直挖到硬底，然后从底向上全部垫上石头，才解决了通车难题。

而这一处理法，与作家高平的讲述存在一定差异。

作家高平记载，1954年12月2日的夜晚，甘城道工程师和他坐在拉萨河边，谈到过橡皮路的问题。他说："橡皮路的产生，今天看来是因为当时没有经验。那时的办法是让车子去压，拖出来后，再填石子，因为要把烂泥全部挖出来太费工了。后来就用苏联的先进经验，不用全部挖掉烂泥，先铺木头，再放石头。当然，这只限于四五级路。由此可见，我们在开始时是很落后的。"[1]

雀儿山的雨季

当地藏族同胞中流传着这样一首民谣："登上雀儿山，伸手能摸

---

[1] 高平：《修筑川藏公路亲历记》，中国藏学出版社，2001年，第14—15页。

天。一步三喘气,风雪迷漫漫。深沟峻岭多,断岩峭壁连,要想过山去,真是难、难、难!"

在朱昌全所在的技工大队抵达之前,二野18军遵照毛泽东主席"一面进军,一面修路"的指示,在民工配合下,很快完成了修筑川藏公路的任务,这使得雀儿山公路赢得了"川藏第一高、川藏第一险"之称。但严酷的高原气候,尤其是雨季的到来,很快就使得通车不久的公路遭到损毁。朱昌全他们的工作是维修、养护道路,保障通行。

有人说,川藏公路是一条"血路",是解放军和民工用生命筑成的路。这样的比喻一点也不夸张。塌方、泥石流、悬崖坠落、炸山事故、高原肺病等威胁着筑路官兵和民工的生命,几乎每推进一米都要造成大小不等的滑坡和塌方,施工的第一年就有千名官兵和民工为此献出生命。据统计,在施工第一年的365天中,牺牲人数最少的一天是5人。施工过程中仅雀儿山的一个山头就牺牲了300多人。

在朱昌全的话语里,他提到了很多藏地的地名,出现最多的就是雀儿山。一到那里,他水土不服,又受了风寒,"打摆子"好几天。"打摆子"就是疟疾的俗称,是由疟原虫引起的传染性寄生虫病。其具体表现为:先发冷发抖,皮肤起鸡皮疙瘩,0.5小时到1小时后体温迅速升高,头痛面红、恶心,往往伴重度贫血和高原虫血症。连续服用几天奎宁之后,朱昌全略微好转,但十分虚弱,只能咬牙坚持。

雀儿山山踝一线有很多高山矮生杜鹃,为常绿矮小灌木,给人的印象难以把握，透着神秘。强烈的日照之下，河谷里乔木的影子像是山神的卫士，坡地草甸上开满的小花朵像是洒落的音符。密不透风的灌木丛，像碎石垒起来的玛尼堆，在恒久的沉默里拒绝老去。

越过坚硬的杜鹃丛，雀儿山扶摇直上。

朱昌全说："在川藏公路穿越的14座大雪山里，我对雀儿山最熟悉，付出的感情也最多。我熟悉它的雪峰，如同熟悉自己的掌纹；我熟悉它的气候，如同熟悉自己的脾气。记得我们入藏的途中曾经第一次登上雀儿山，并在峰顶的雪窝中搭起帐篷宿营。后来亘古荒寂的雪山热闹起来了，因为马昌段的公路已经于1952年5月28日动工了。解放军和技工大队已经在山上摆开了亘古卓绝的大战场。在当年11月份之前，即大雪封路之前，完成甘孜机场修筑的部队也迅速转场投入了公路大会战……"

而最为艰难的是在雨季施工，落下的雨很快就变成积雪和冰，穿在脚上的胶鞋成天湿漉漉的，烤也烤不干，早已失去了保暖的作用。这里经常发生道路被大雪封住，被迫限行的情况。就算是晴天，道路上也是坑坑洼洼的，如炮弹坑的地方一个连着一个，很像四川乡村常见的"牛滚凼"。我们四处寻找石头回填大坑，上面再填沙土。但卡车过几回，大坑又在另外的地方出现了……所以维护道路的工作一刻也不能停下。

山道宽窄是由特殊地质与施工水平决定的。道路能过车就不容易，本来就十分狭窄,又是沙石路面,加上回头弯极多,"之"字路段反复出现,汽车转弯时根本无法知道对面来车的情况。许多地方因地形的原因,在通过前必须提前鸣笛,如果前方有车辆进入的话对方也会鸣笛回应,以便双方避让。如果不这样做,一旦发生交通事故,救援工作会非常艰难。就算没有发生交通事故,两辆车迎头相遇的话,谁进谁退也是左右为难,因为要退车到一块可以会车的稍宽的地方也不容易。这一段路上,军队、地方运输队的大货车都采取抱团行走的方式,提前在很远的地方便鸣笛,远方一直没有回应声才开始行车,双方会车时师傅们都会相互问一下,确定后面没有车辆才开始动车。

朱昌全分析说:"我想,后来交通部门在此于2017年修筑了世界第一高海拔特长公路隧道。不仅仅是因为雀儿山山上的道路海拔高,更主要是因为地质情况复杂,加之陡崖林立,无法再扩宽公路宽度。在西藏日喀则和阿里一带的公路海拔都很高,山顶上海拔标识都在5000米以上,但都没有选择开凿隧道的方式,就是因为道路附近比较宽阔平坦,道路修建和维护都要容易一些。"

川交二处参与过川藏公路建设的几位老人,还依稀记得文工团来工地慰问演出的情景。这些慰问团来自北京、四川、新疆、西藏,他们还送来了慰问品——香烟、糖果,还有在这里十分罕见的水果。可惜远道而来的水果一路颠簸,受冻后已变苦,无法下咽了。

地方、军队的文工团也来到雀儿山工地演出,著名演员宋戈在《行在康藏》里回忆了在雀儿山工地的演出:"那天我演的一个节目是藏民对口唱,我饰演一个老藏民,同后来的作家杨星火一起为大家表演。结果唱到一半,就鞠躬下台了,为什么?脸被冻僵了,唱着唱着,嘴张开就闭不上了!歌词唱不出来了,所以只好鞠躬下台。即便如此,对面的战士们还是给我们用力地鼓掌,噗噗噗噗……天刚蒙蒙亮,我就赶忙爬起来跑去附近的观测站问温度,看看到底温度有多低,怎么这么冷。观测站的同志趴在寒暑表上看了好一会儿,抱歉地操着山东腔儿说:'今天没度啦!'原来寒暑表的最低刻度只有零下40摄氏度,而当时雀儿山的温度远低于此,所以水银都收缩到水银球里了。为此,让我们永远记住了'没有温度'的雀儿山。"

当时最受欢迎的、被广泛传唱的是高平填词的一首歌曲《劈开雀儿山》(选段):

提起雀儿山,自古少人烟。飞鸟也难上山顶,终年雪不断。
地冻三尺深,乱石把路拦。开辟康藏交通线,这是一道关。
人民解放军,个个是英雄。雀儿山上扎下营,要把山打通。
雀儿山再高,没有咱信心高。雀儿山石头再硬,没有咱意志坚。
山坡架帐篷,睡在云雾中。树枝铺在雪地上,好像钢丝床。
早起晚下工,热血挡冷风。没有水喝化雪吃,煮饭香喷喷。
山高坡又陡,做工没处站。绳子拴在腰中间,悬空打炮眼。

满山炸药响,碎石四下崩,铁山也要劈两半,不通也要通。

这首战歌,对应了筑路人的急迫心声:"雀儿山再高,没有咱信心高;雀儿山石头再硬,没有咱意志坚。"

人挂在半山腰,就像一串风中的葡萄

雀儿山在很多人印象里并不完全一样。在黄福昌老人眼里,雀儿山是一生最难以忘怀的地方。

黄福昌,1933年1月出生于新津县,因为家贫,20世纪40年代中期,十二三岁就到成都梓潼桥的店铺当学徒。附近的"悦来茶馆"里,每天下午响起川剧的悠悠唱腔,飞梁绕屋、一咏三叹,让他觉得,喝茶听戏才是省城的气魄。

1950年初,成都刚刚解放,成都市失业工人数量庞大。安置就业、稳定人民生活成为新政权亟须解决的问题。我们从1950年5月12日《人民日报》的一则新闻报道里,可以一窥失业群体对社会产生的较大压力。"1950年5月10日新华社消息:西南各地军政机关工作人员,热烈响应刘伯承、贺龙、邓小平三首长的号召,纷纷捐献现款、实物援助失业工人。据不完全统计,本月初重庆、贵阳、成都和川南、川北等地的工作人员,共已捐款两亿七千余万元和食米一万五千余斤。"

作为失业人员,黄福昌参加了成都市组建的失业人员第三支队,配合解放军修建成渝铁路。在简阳境内的陈家湾、毛店子隧道等筑路工地,学习到了很多施工基本技能。

川藏公路要开工了,他与上千名工人隶属西南交通部第二施工局组建的"技工大队",大家在抗日著名将领李家钰的墓地(位于成都红牌楼)搭建帐篷居住。1952年4月的一天,他们接到开拔入藏的命令。

可以说,上千工人绝大多数没有上过氧气稀薄的青藏高原,也没有连续乘坐几天车的体验。开始还挺兴奋,一进入海拔4290米高的折多山后,车上的人开始出现高原反应,乘车的疲惫压倒了当初的兴奋。高原反应冲击着筑路者的梦想,随着高原反应越来越强烈,大家都陷入了沉默。一个工人因前几天感冒,反应更严重,就捂着被子昏昏睡去,等下了折多山后才发现他已经断气了。许多人产生了恐惧:原来死亡距离自己如此之近!

几天颠簸下来,很多人呕吐,大家几乎吃不下东西。黄福昌回忆说:"好不容易过了新都桥,吃咸菜感觉稍好一点。可是汽车一开始爬山,凶猛的反胃简直比外面的雪峰还要来得陡……"

马尼干戈乡位于甘孜德格县境内,在雀儿山附近,这里是川藏北线上的一个重要节点,古时就是云南、青海、四川藏族商贸的一个重要集镇,即茶马古道的重镇。

雀儿山呈西北、东南走向,筑路工地当时分为东台站和西台站工地，黄福昌被分配在东台站工地。

工人来到雀儿山，首要的事是搭建工棚。哪里有床呢？山脚一带有高原云杉、冷杉、柏树、杜鹃树和草甸环绕。工人就去树林里砍回很多树丫，在捆紧的树丫上铺两层草垫子，工人们戏称其为"钢丝床"。这样的"钢丝床"，黄福昌睡了两个多月。由此可见，高平填词的歌曲《劈开雀儿山》里所唱的"山坡架帐篷，睡在云雾中。树枝铺在雪地上，好像钢丝床"绝非夸张，而是真正的非虚构。

大家休整三天后就开工了。技工大队的工作就是在解放军已经开通的道路基础上进行路面维护：大坑填片石，再填碎石；修筑道路堡坎。

不要小看修路！很多人是第一次，一上手就出问题了。哪些挖多了、哪里填少了，再加上技术人员较少，大家是估计着干，结果开工第一天就多次返工，三四天后才慢慢适应高原修路，但工程质量不高。就这样，大家伴随着高原反应，在恶劣的环境中把路修了起来。他们逐渐往山上推进，工棚也随之往上搬迁。

由于根本没有路，所以连征调来的牦牛也无法驮运东西，只好用人背的方式来面对。黄福昌回忆说："粮食是命根子，但一个壮劳力一人只能背60斤上山。那个累啊，爬一天才能爬到山顶……"

施工中，筑路者学习开路先锋解放军的伟大精神，热血挡冷风，没有水就化雪吃。山高陡峭，氧气稀薄，人没处站不说，稍一用力就气喘不已。他们就把绳子拴在腰间，悬空打炮眼。有时人实在够不着，就在身上拴一根绳子，另一头拴到树上或者石头上，把人吊在半山腰打炮眼。打炮眼的过程中会有震动，有的树和石头就会晃动，有时候连人带树就一起摔下来了……当时人挂在半山腰，就像一串葡萄。爆炸的时候，碎石飞溅，颇为惊心动魄。当时挑石头需要扁担，一个人能挑两筐，背的话就不能背这么多，大家就去砍树枝回来做扁担……

战士们的顽强精神是同聪明才智结合在一起的。他们把在战争中积累的经验，也用来对付自然。譬如雀儿山上有一块64立方、重三四万斤的巨石，横在路基上，两个连的战士拉断了绳子也拉不动，他们用轰碉堡的办法，从路旁挖到石头底下去掏了个药室，只用了7个工，装了4斤半炸药，就把它轰倒了（按上级规定1斤药炸5方石头，打装1公斤药的炮眼是6个工）。

雀儿山严格地说不是一座山，而是一群山，是几十座雪峰的麇集。雀儿山山腰之上的地貌为高原丘状地形，高山湖泊众多。雀儿山山势挺拔，5000米以上的高峰有100多座，后来的景点"新路海"正上方是绒麦俄扎峰，是雀儿山最高峰，海拔6168米，有"康北第一高峰"之称，故有"爬上雀儿山，鞭子打着天"之说。川藏公路是从风雪肆虐的垭口翻越而过的，那里的海拔为5050米。公路蜿蜒曲折、盘旋而上，环顾那些起伏不断、形状各异的山峰，它们有的如怪兽、有的像古堡。

---

① 高平：《川藏公路亲历记》，中国藏学出版社，2001年，第28页。

游客到了这里会展开丰富的联想，让思绪尽情飞扬。而对于当年的筑路人而言，埋头平整路面，才是他们的工作。

那庄严的时刻，就是清晨遇到一轮朝阳从雪峰之下冉冉升起来，世界熠熠生辉，太阳俯视着人们，犹如一个梦境。这一切组成的一幅图画，将长久地闪耀在每个筑路人的心里。

内心深处的暖流，是孤独时刻的安慰。

东台站路段维护得差不多了，他们又转战到雀儿山西台继续施工……

雀儿山的道班"很吃香"

雀儿山终于在1952年1月17日被打通了。黄福昌随部队到达雀儿山西台站时，虽然才10月上旬，但山坡早已银装素裹，平地积雪厚达2米多，冻土硬似铁砧板，镐头根本挖不动，施工困难重重。

后来过往司机总结说："翻越雀儿山，犹过鬼门关。"

采访时黄福昌告诉我："当时翻越雀儿山的汽车还是很多的，以16、17、18、19、20团的军车为主，还有雅安运输公司的车辆，我们撤走以后，雀儿山的道班就十分'吃香'。过往的司机与道班的关系很融洽，捎带人员或什么东西，司机们总是有求必应。因为汽车在这里抛锚熄火是常事，必须求助于道班。你想想，谁愿意在如此严酷的环境里当'山大王'呢？"是道班受司机尊重，这叫"吃香"，但道班吃得最多的，却是难以想象的苦。

接近雀儿山垭口时，那里有一座道班房，这就是著名的雀儿山五道班驻地。为保障川藏公路的畅通，1954年在雀儿山设立了甘孜公路养护总段雀儿山五道班，养护山顶的10公里公路，并负责排除山两头16公里内塌方、冰雪的任务。五道班驻地海拔4889米，是川藏线上海拔最高的道班。这里的空气含氧量只有低海拔地区的50%，山上不下雪的天气只有一个半月。也就是说，只有这个时间里，才能见到公路路面。

1955年1月28日的《人民日报》，特别刊发了一篇署名文章《战斗在雀儿山上的道班工人》，文章指出："在雀儿山上，对于公路威胁最大的是积雪和冰冻。雀儿山上的冬天来得特别早，七、八月间它就完全成了一座'银山'。只消几个小时的工夫，漫天的大雪便会把道路淹没。这时，道班工人就拿着铁锹铲去路上的积雪和山上坍下来的冰雪，铺上泥沙，让汽车能够通过。在零下30摄氏度左右的严寒里，如果不戴手套去拿铁器，马上手就会和铁粘在一起，一扯就把皮肉撕下来了。冬天，山上的许多涵洞都结了冰，阻塞了水流的去路，这样水便会溢到路面上结冰，使公路又硬又滑。为了防止行车出危险，工人们便钻进仅能容身的涵洞里去，用铁锤把冰块打破。他们身上的热气把冰雪融化了，冷水就浸透了全身，出得洞来被风一吹，浑身上下马上又结成了一块一块的硬冰。"

自从 1952 年 18 军在民工配合下打通川藏公路以后,川藏线上最高的雪山——雀儿山,就有了这样一群维护公路畅通的护路人。他们几十年如一日,长年工作、生活在平均海拔 4800 米的雪山上。他们不分白天黑夜,不分春夏秋冬,始终把护路保通视为天职;他们战严寒、抗缺氧,从不叫苦、从不畏缩;他们从不向国家伸手,要待遇、要荣誉;他们无私无畏的精神,值得如今每一个人学习;他们甘于奉献的高尚品格,值得所有过往者的尊重。

1952 年 11 月 20 日,康藏公路通车到昌都,毛泽东主席为通车昌都题词:"为了帮助各兄弟民族,不怕困难,努力筑路!"西南军政委员会主席刘伯承、西南军区司令员贺龙为通车昌都发了贺电。

1952 年 3 月 15 日,西藏军区党委在年度报告中说:"西藏的公路建设,是有关实现《关于和平解放西藏办法的协议》及整个西藏军事、政治、经济、文化建设的重大的首要问题。"年度报告把修筑康藏公路的必要性和迫切性,提到了一个空前的高度。从这一年开始,川藏公路投入了更多的人力、物力进行建设,一共投入了 2.5 万多人。其中军队 1.5 万人,西南交通部所属技工支队 7000 人,民工 3000 人。

有一天万里晴空,黄福昌看到一种不知名的山雀,缓慢地飞过雀儿山的上空。他回忆说,记得那时候,解放军也是这么唱的:"那是雀儿山的雀儿吗?在这冰天雪地的世界,你吃些什么?怎样生存的?

等公路通车后,你们看到家乡的变化,会有多么高兴!那时在新的天地里生活,你们会飞得更欢快,唱得更动听的。"

川藏公路修路逸闻

什么叫"代食粉"

由于运输困难,川藏路沿线主副食供应经常被阻断,战士们挖地老鼠、吃野菜充饥,不少人由于营养不良,患了夜盲症等疾病。由于缺乏维生素C,一些战士、民工的手指甲盖出现了不同程度的凹陷。

全国刚刚解放,百废待兴,国民经济正在恢复,西南地区财政十分困难。但西南局、西南军区为了保证部队向西藏进军,决心尽最大可能解决进军所需的粮食、被装、副食品、药品以及军械装备等物资供应难题。粮食是重头,由川西地区负责筹集。各种副食品,由军区后勤部军需部派专人研究高原季候,以黄豆、大麦、小麦、花生、奶油等原料配制成"代食粉"(也称代饭粉);以面粉、白糖、食盐、猪油、奶油、鸡蛋、酵母等原料制作成饼干，以便在部队不能举火时食用；还以蛋粉、白糖、精盐、淀粉、味精等原料制成"蛋黄腊"（也称蛋黄纳）佐食，并发放了大量的维生素 C 片。

贺龙司令员得知情况后，对第 18 军参谋长、川藏公路修建司令部司令员兼政委陈明义说："立刻派人到上海购买维生素 C，必须每人每天吃四片，少了不行！"①

康藏公路工程处 7 大队 4 中队 4 分队的民工黄寿康，从泸定筑路开始就与 18 军将士一同奋战。"代食粉"无疑是军人、民工进藏重要的补给品。

1951 年 6 月后，筑路大军到达甘孜，接下来去德格，接着就要进藏。那时候，每人发了一个装粮食的粗布小口袋，一个袋子能装好几斤。发的粮食中就有重庆、成都等地运来的"代食粉"。据说，"代食粉"吃起来主要还是黄豆味。

"代食粉"是在部队抵达岗托开始发放的，但很多人并不知道如何食用。大家走到半路上，饥肠辘辘，就开始吃"代食粉"。用路边泉水泡了一下，吃下去不到一个小时，就拉肚子了。有了这一次教训，大家吃"代食粉"时，都会用开水泡熟。

---

① 陈辉：《川藏公路：中国筑路史上五大奇迹》，《方志四川》网页：https://mp.pdnews.cn/Pc/ArtInfoApi/article?id=12636717。

高原气压低，水往往达不到沸点就沸腾，战士、民工常常将就着用凉水或者温水搅和搅和就吃了。当然还有更高明的吃法，那就是和着大米一起煮。但在物资供应紧张的时期，大米是十分金贵的。

在与另外的筑路老人交谈中，他们也谈到"代食粉"的缺点，那就是"不抵饿"。

有一段时间，尤其是部队、民工大队抵达昌都后，公路还没有修通，食品供给跟不上，他们也就只能吃"代食粉"了。一人一天四两配给，营养足够了。可是对于肚子缺乏油水的壮劳力而言，一顿吃四两远远不够。那时候补给方面非常严，规定一顿是多少就是多少。就是饿了，也只好挨着。

尽管代饭粉质量不高，而且长时间食用会带来维生素缺乏等问题，但对进藏大军来说，它仍是急需的补给之一，在输送的物资中占据了相当大的比例。时任西南军区工兵司令员兼政委的谭善和将军在《康藏公路筑路日记》中，多次提到了当时作为重要供应物资的代饭粉："1950年9月15日，起运代饭粉12797箱……1950年9月17日……六连42部车运代饭粉15万公斤；二连46部车运代饭粉10万公斤；一连10部车今去甘孜装罐头229箱、代饭粉172箱……"另一个统计数也能证明代饭粉的地位，截至1954年10月2日，在经由下曲卡兵站运输的物资中，就有代饭粉16万斤，而同时期内输送的原粮数量仅有大米29.3万斤、面粉 247 万斤。①

军人可以一切行动听指挥，但数千民工多为四川籍，他们对于大米的饮食依赖是异常强烈的。鉴于道路不断塌方，成都、雅安的粮食无法及时跟进，国家采取了一个调动大米、食品"借道运输"的非常行动。

政务院、中央军委为解决西藏军区前方部队及地方工作人员供应问题（进藏初期地方工作人员由部队统一供应），经与印度府交涉同意后，1952 年 7 月起，从广东黄埔港陆续起运 500 吨大米，海运至印度加尔各答港，由印度负责转运至锡金的甘托克。西藏军区派参谋长李觉，以西藏贸易公司代表名义去印度组织接运，并采购了一批椰子油、罐头、布匹、皮鞋等物资。为了在亚东接储转运这批粮食，以保障对驻江孜、日喀则地区部队的粮供应，西藏军区调 154 团（欠一个营），于 1952 年 7 月，由江孜、日喀则移驻亚东，担负修建仓库及亚东至江孜的道路。与此同时派出后勤部副部长扶廷修到亚东组建了物资转运站，西藏贸易总公司在亚东设立了分公司，并成立了党委，统一组织接转大米、修建仓库及与印度的通商贸易问题。1952 年底，假道印度运来的大米陆续运抵亚东和拉萨地区。② 这段"借道运输"

---

① 参考佚名文章《炒面饭——炒面和代饭粉的故事》。
② 成都军区后勤部军事运输部编：《成都军区军事交通史 1937 年—1990 年》，第 100 页。

的历史，随着近年资料的解密，才得以让世人知晓。

1952年以后，伴随川藏路的通行得到保障，大批食品源源不断而来，"代食粉"才逐渐退出了筑路大军的食谱。"代饭粉批量生产只持续到1952年年底，通常除供应野外作业部队外，只在局部军事行动中有所使用。"[①]

如今，仅有极少数参与川藏路建设的第一批筑路人，才有这久远的记忆。

惊心动魄的"滚地雷"

有人说，一个人内心只有充满了安静，才能获得定力。而且，这往往是在一个人不抱有奢望的前提下，你必须热爱过这个世界，并且仍然爱它。

面对阴晴不定的雀儿山，有一个人说，我仍然爱它。

在与黄福昌等筑路者的交谈里，他们提到了很多筑路时遭遇的奇闻异事，比如"滚地雷"，就很值得一说。

在雀儿山上，10分钟的时间里，天气都可以变化两三次。雀儿山工地接近完工时，有一次几个工人去德格县拉材料，就遇到了"滚地雷"。

---

① 参考佚名文章《炒面饭——炒面和代饭粉的故事》。

当地夏季天气瞬息万变，晴朗的天空瞬息之间便会风起云涌，随之而来的便是雪花与冰雹。即使是在六月天，大地上的平均雪深度也有几寸。在路边一块足可以连接苍天的草甸斜坡上，雷电在地面跳跃，震耳的雷声由远及近，两个光点在地面凝聚，形成了高原上叹为观止的"滚地雷"。"滚地雷"十分光亮，出现时略呈圆球形，看上去像一个篮球大小，擦着地面慢慢飘飞，但突然一停，会变大，就像一个吹胀气的羊皮筏子……它遇到坡坎发出"轰隆隆"的闷雷声，火球所过之处的草皮被烧得一片焦煳，情景非常稀奇，也非常危险惊人。

一个民工从没有见过这等骇人的现象，大叫起来："老天！我们是好人，不要过来啊。"

还好，"滚地雷"在距离汽车几十米的地方，围着一块大石头绕开了。

"滚地雷"继续飘浮，偶尔也有环状或中心向外延伸的蓝色光晕，发出火花和射线，颜色为橙红色或红色。当它以特别明亮并使人目眩的强光出现时，也可看到黄、蓝和绿色。

通常"滚地雷"的寿命很短暂，只会维持数秒，但也有维持了1至2分钟的纪录。更神奇的是它可以在空气中独立而缓慢地移动，路径不定。很多目击者说，它是横向移动的，移动时它的光度、形状和大小都保持不变。

筑路人告诉了我他们当时的想法："我们扪心自问，无愧天地和任何人，就算天打雷劈也劈不到自己头上。"

筑路工李水发告诉我："我们当时根本不知道这是什么妖魔鬼怪。后来向当地藏人询问，他们叫它'滚地雷'。后来才知道，它的科学名称是球状闪电。这是由于这里海拔高、云层低而产生的……这样的雷电，我一辈子只见过一次。"

在矮拉山工地，筑路者还遭遇了另外的高原季候。

7月初的一个下午，已回到工棚的民工们正忙于打饭。黄福昌和一些人在外面晾晒衣被，这时见湖面上突然升起一团蘑菇状的云层，向驻地方向飘来。大家没有见过这样的云，有些紧张，以为又会出现恐怖的雷电。但没有雷电，只是飘下了几点雨。大家正在庆幸，天空突然变暗，狂风骤起，飞沙走石，沙石击打在木板上，发出震耳欲聋的破裂声，似乎木板已被击破。晾晒的衣被满天飞舞，几顶工棚已轰然倒下，人也站立不稳了。大家顾不上收捡晾晒的衣被，只有匍匐在地，用手紧紧抱住头脸，避免石块打击。强风持续了约半个钟头才停止，天空放晴，可工棚生活区早已是凌乱不堪了。一切都东倒西歪，有好几处木板已破裂，晾晒的衣物飘落到百十米之外……

工棚中的人也是满身沙土，灰头土脸。大家顾不上洗涤，各自重新搭工棚，抖落衣被上的尘土，四处找回自己的东西。

当时没有来得及测量风速。后来听公路局测量大队的人说，风速起码在每秒20米以上。

飞蓬逸闻

对于如今很多人来说,藏地是诗一般的圣地,是梦幻的城池。走进这片唯有用心才能深刻触摸的世界屋脊,始终是一个人汹涌一生的梦想。想象着钴蓝色的天空,阳光散射如撕开的彩虹,大地上的经幡猎猎作响,满脸沧桑的信众顺公路匍匐而进,极度的虔恪浸润于这一片无垢的世界;也可以想象流云从腰间缠绕,能把五脏六腑都荡涤一新的空气;也可以想象掬一捧高山海子的圣水,一洗烦忧;也可以想象晨光熹微,满眼亦黄亦白的飞蓬在滚动,自己是叶上那一滴被风吹落的露珠……神往旷达而神秘的藏地,多半是为了找到风中的飞蓬——比如格桑花的倩影,比如仓央嘉措的影子。

雀儿山下的河滩有些地方较宽,那里的杜鹃花是神奇的、倔强的,沿山踝而上的一路,杜鹃花一片片地盛开,染红了山坡。即便在海拔4700米的高度,还有盛开的杜鹃和其他无名山花。

冰期结束以后,气温逐渐回升,杜鹃便开始了漫长的跋涉——向东走向低海拔地区,向西则随着高原的一步步抬升,凭着超强的适应能力在更为残酷的生存环境中定居下来。

科学家们发现,喜马拉雅地区以及横断山区是我国杜鹃种类特化现象最强烈的区域,东部远没有这么明显。直到现在,那里的很多类群也还在不断发育的过程中,形成更多新种。这也是青藏高原在几百年间经历剧烈变化，没有长期相对稳定的环境所造成的结果。但也因此，除了在那里，人们不可能看到如此丰富多彩的杜鹃。

从海拔1500多米的河谷，到将近5000米的高寒冰雪地带，都可以看到不同种类的杜鹃。它们或是矮小的灌丛，有的甚至贴地而生，匍匐在贫瘠的冰碛上，有时连苔藓都不会选择在那里生活；到了山腰，它们便成了大灌木，美容杜鹃、马缨花杜鹃、迷人杜鹃等，成片成片镶嵌、环绕在林木下；在海拔更低的峡谷地带，康定杜鹃、大白杜鹃、百碗杜鹃、拢蜀杜鹃、二色杜鹃、密枝杜鹃，可以填满整个峡谷两侧。由于杜鹃喜欢集群，花型簇拥、硕大，连在一起几乎密不透风，远远望去，层层叠叠，宛如一片海洋。

有时为了等建材，筑路工地会停顿下来，工人们才坐下来，静静打量周围的山峰。山踝前是一大片滩头，较平缓。一天下午刮起了大风，只见一个枯草团，由远及近，在风力推动下越滚越大、越滚越圆。

蓬草在古典文学意象中颇为重要，最早见于《诗经》中的"首如飞蓬"，具有悠久而传统的植物意象。"飘蓬"的解释，古人有云："蓬之干，草本也。枯黄后，其质松脆，近本处易折，折则浮置于地……大风举之，乃戾于天，故言飞蓬也。"

有人感叹，筑路工的命运，就像是眼前的飘蓬。但一个工程师听到了议论，他不同意这一观点。他认为，应该看到更深刻的东西。

有一天，因为修路，大家又讨论起车轮到底是怎么发明的。任何看似简单的发明都不是凭空而来的,一定有什么现象触发了古人的灵感。车轮的发明极可能是受到了自然之物的启发。《淮南子》中说祖先"见飞蓬转而知为车"。"飞蓬"茎高一尺许,叶片大,根系入土较浅。遇到大风,它很容易被连根拔起,随风旋转。古人可能就是受到这个现象的启发,发明了车轮和车轴。这与鲁班受锯齿草的启发而发明锯子的传说一样,很可能也只是一个传说而已,但谁能说这样的传说没有道理呢?

工程师都说,"飞蓬各自远,且尽手中杯"是悲观的。我们修路,正是要让车轮滚滚向前,通往拉萨。我们就像山间的漫漫长路一样,这条路有时先折回来,然后伸向前而去;我们就是山间的路。走这条路的人需要耐心,修这条路的人更需要毅力。

我一顿吃了300多个饺子

1954年春节到了,川藏路已经推进到距离松宗不远的地方。

松宗是波密县东部川藏线上的一个大镇,属藏东山区,这里离县城40公里。该镇是川藏线波密段最为重要的集镇之一,旁有一座叫作松宗扎西曲林的寺庙。寺庙位于一眼望不到边的原野上,南边流着滔滔的帕隆藏布江,北边是滚滚的曲宗藏布河;四周环绕着巍峨的神山和美丽的雪峰,景色十分迷人。繁盛的原始森林、幽深的帕隆藏布峡谷、连绵不断的冰川、别具一格的木屋，这一线海拔在3000米左右，施工的困难度低于雀儿山一线。

钎子、铁锹、镐头磨钝了，需要在工地上支起打铁铺子，叫作锻钢钎，现场打制锻造，迅速投入施工；为了提高作业效率，工人在解放军示范下把打炮眼的钢钎换成了更粗的撬棍，铁锤也不断加磅；抡铁锤是最重的活，但晚上睡觉时，一些战士抢着把锤子藏在被窝里，以便第二天自己第一个挥舞上前……

钢钎钝了要重新淬火，这也有一段故事。

工地上有少量藏族民工，他们谁也不肯锻钢钎，因为藏族的旧习惯认为制作铁器等于杀生；"打铁的人心肠狠，心要变黑，连骨头也要变成黑的，是下等人……"汉族技工见此，就笑笑说："你们在修路工地上来回看到的，我们锻了那么多钢钎，有哪一个心肠狠，又有哪一个人心变黑了呢？"

藏族民工确实看到很多汉族大哥都锻钢钎，技工队队长，解放军的排长、连长也都锻钢钎。他们不都是世界上心肠最好的人吗？慢慢地，他们也都学起锻钢钎来。技工队的汉族大哥很高兴，主动地手把手教他们学锻工技术。不久，他们都学会了。

黄福昌当时在工地上就专门负责"烧炮钎"，这是一门技术活，但毕竟成天在火炉边忙碌，比起那些冲在悬崖上的筑路人，少了危险和受冻。那些悬吊在高崖上打炮眼的人，挥舞二锤，一蹬一跳的，十分消耗体力，而且一旦体力不支，就非常危险。打钢钎，一般人抡五六十锤就会气喘吁吁。但在海拔四五千米的川藏线上，有一位战士杨海银竟然一口气打了1200锤，砸出一个1.7米深的炮眼，被称为"千锤英雄"。在这样的感召下，民工们也是挥锤不已。

有一天，山体的几十个炮眼打得差不多了，他们开始填装炸药。

黄福昌与一位工友坐在山腰，距离放炮点有三四百米距离，按理说是安全的。一声闷雷般的巨响，山摇地动，飞沙走石。突然一块脸盆大小的石头迎面飞来，黄福昌本能地一仰身体，石头突然垂直而来，直接砸到了自己张开的双腿根！

"万幸啊，我命大！没有被击中，要不然就断子绝孙了……"黄福昌向我比画着，至今他回忆起那块飞来的石头，仍然是惊骇无比："我和工友脸都青了，惊魂未定。中午伙房供应饺子，可以随便吃。你难以想象，我竟然一顿吃了300多个饺子！那是我一生吃得最多的一顿饭……"

除了感叹生命，工人们只有进一步努力，去战胜一切困难。

这一段公路通了，当地结束了没有公路的历史，告别了千百年来沿用的栈道、溜索和人背畜驮的运输方式。波密第一辆汽车于1953年从这里驶入松宗。后来在松宗建立的"通车剪彩处"以及保留下来的兵站、部队生产训练基地，成为铭记这一段历史的红色地标。

1954年7月1日，经过西南交通部第二施工局前方支队党组织批准，黄福昌在工地光荣地加入了中国共产党。

黄福昌在1956年转干，担任保卫干事，继续在西藏林芝的川藏线山道从事维护、巡查工作。他总是骑一辆自行车，栉风沐雨，往返在240公里道路上。

银元往事

川藏公路建成后，道路扩建、养护从来就没有停止过。沿途经过不少村镇，一般大镇上均有两三家饭馆。那时的筑路工虽说不上是衣衫褴褛，但个个蓬头垢面却是真实的。礼拜天他们会三五人约到一起去镇上餐馆"打平伙"，也就是现在的"AA制"。店家一看这副打扮，估计"来者不善"，均不予理睬。工人们火了："不要这么看不起人！以为我们是吃霸王餐的吗？！"说完手往桌子上一拍，几个银元放出毫光……店家立即点头如捣蒜："真是有眼不识泰山啊！"

这一幕经常发生，成为很多川藏公路建设者晚年的笑谈。

在成都的一次钱币展览会上，我看到了著名的"西藏壹两"，它在近代中国钱币史中可谓是精品中的精品，在西藏被称之为"藏洋"。藏洋是20世纪初清朝政府铸造发行、在川滇边地区通用的法定银币。

"西藏壹两"银币，直径45.2毫米，重36.7克。光绪元宝正面镌有"光绪元宝官炉局铸"字样，背面镌有"西藏壹两"四字，两面周围皆有双环套连珠纹式样,钱币周围有小齿。钱文深俊,字形硬朗,材质精良。其在当时主要流通于西藏地区,存世量极为稀少。西藏并没有设立铸币厂,因此此币是直接由天津铸币厂铸造发行入西藏。经历了岁月的冲刷,钱币仍旧纹路清晰俊朗,具有极高的历史收藏价值,以及其难以言喻的历史收藏意义。

鉴于西藏地区的特殊性,20世纪50年代开始,中央同意西藏地区仍然使用旧式银元,这也是一项特殊的货币政策。在20世纪50年代初,为迎接西藏和平解放,全国各地为此全力精心筹备。

"位于上海曹家渡的上海造币厂接到紧急命令:立刻制造有袁世凯头像的大洋。上海造币厂接到命令后,随即成立了技术核心小组,开始试制大洋。从技术角度来说,这并不是一桩难度很高的活儿,最关键的一个环节是模具制作,只要制作出跟袁世凯统治时期发行的银洋一模一样的模具,之后的生产工艺就没有什么问题了。上海滩的三名顶尖级别的钳工受命分别制作一套'袁大头'的模具。这三位都属于新中国第一批高级技师,用现在的说法就是专家。'顶尖级'对于他们来说,不是一个夸张的形容,而是恰如其分的评价。用他们制作的三副大洋模具所试制的大洋,跟袁世凯时期发行的那些银洋除了新旧之分外,再也找不出任何区别。"[①]

---

① 东方明:《神秘的"银洋命案"》,《啄木鸟》2011年1期。

1951年2月成都及沈阳也曾分别新造一批相当数量的"袁大头",专供西藏地区使用,用以稳定当地的经济。1950年后,中共中央西南局发文指出:"银元兑人民币比价应完全与成都或雅安一致,不可比成雅降低""藏洋与银洋兑换的比价,可按照历来习惯不宜变更"。

民国期间,国内的银元有许多种类,其含银量差别较大,因此一个银元的购买力也大有不同。以北洋军阀时期所铸的"袁大头"为例,银元的设计雕刻师,是担任天津造币总厂首席设计师和总雕刻师的意大利人路易·乔治。在中国近代流通的近千种银币中,"袁大头"铸量最多、版别最丰、流传最广、存世最硕、影响最大,后来被收藏界称之为"银元之宝"。"袁大头"也是民国时期诸多势力最为认可的硬通货,仅次于大名鼎鼎的金条"小黄鱼"。根据分析,"袁大头"的含银量为89%,铜则为11%。

1950年底,因天气变化,18军53师、54师的运输团暂时无法用汽车向筑路工地运送物资,只好改用马匹、骆驼。沿途购买马草一斤要两块银元,而一匹马一天至少得二三十斤草,按里程计算比乘坐飞机还贵。大军每前进一程,补给运输线就得延长一程,运输中遇到的困难也就越多,所以常常供应不上。在这种情况下,工地给工人发放一部分银元,一来可以提高工人的工作积极性,二来可以解决工人的个人开支问题。

康藏工程处西南公路局拥有 7000 多名技工和 3000 多名民工。朱昌全所在的技工大队（一共有 4 个大队），对于职工的收入采取"二分法"：现场偿付 10% 的银元，其余 90% 存入个人户头，用于支付伙食费、寄往内地赡养家庭。

黄福昌对我回忆说："记得是 1952 年年底，工地上第一次发放现金，我得了 45 元，其中含 20 元奖励。在修路过程里我给家里汇去 10 万元，就是 10 元钱。特别要说的是 1952 年 8 月，我得到一封家信，我的父亲过世了。因为无法回去奔丧，我只能躲在一个旮旯里大哭一场……我感冒了，什么都吃不下……为了加快进度，当时对工人进行物质激励的方法很正确，遇到施工特别困难的地段，甚至现场发放银元。比如悬崖上打炮眼的工人，晃来荡去的，非常危险，工资就比较高。有个别拼命的，得到的银元多得一个人背不动。到了 1953 年，我们工人开始每月有固定收入了，其中 15% 是银元。我汇钱回家供养我的一个师兄的孩子读书，每年支出 96 元，一直支付到了 1957 年。"

记得 2004 年前后，我接受《中国国家地理》等几家杂志的采访任务，沿着川藏线一直走到了昌都一带。采访期间总能听到一些当地民间的寻宝故事：说是在道路附近的大树之下，不少人挖到过银元。当地人以为，那是绿林好汉藏匿的财宝。其实，这些银元的主人，恰恰是修筑川藏公路的筑路者。因为银元太重无法随身携带，当时大家住工棚，也无法妥善保管私人物品。于是，有人就把银元藏匿到工地附近的大树之下的洞里。修建公路牺牲巨大，工地受伤患高原病的人也比比皆是，加上当时施工队执行的是军事化管理，职工突然接到"翻段"的开拔命令，就要卷起铺盖卷说走就走……于是，一些血汗钱就永远埋在了川藏路沿线。几年之后，他们也没有能力返回施工路段去寻找了。

第一套人民币于1948年开始发行，到1955年停止流通，其中最大面额的"伍万元收割机"和"伍万元新华门"，成了筑路工最喜欢的、便于携带的大钞。当时1块银元的购买力相当于10万元纸币。在西藏筑路期间，正值国家开始发行公债。1954年使用的旧币1万元大约可买5公斤大米，所以内地购买债券的人大都家庭比较殷实。但在筑路工地上，大家纷纷解囊购买。当时工资收入较高的行政、技术人员，有的一次性就购买了四五百万元的"国家经济建设公债"。

我采访黄福昌老人时，他对我感叹："当时在西藏我一次性就购买了400万元公债！1956年后我继续在西藏维护公路，当年进行工资改革，我被定为5级工，月工资150元，可谓富足，大前门、中华香烟是常备于身的……"

矮拉山遭遇"雪弹子"

邦达海拔4300米，是川藏南线和北线的交汇点，这里曾是著名的茶马古道必经之地。318线必须经过矮拉山，恰是一条绵延千里、高悬天地间的美景长廊，可谓一步一景。这无疑是一条信仰之路，从现代通往古朴，从文明走向神秘，一路所见，心荡神摇，给人极大的震撼。随着朝阳冉冉升起，随着高原轻风拂过身心，漫山遍野山花怒放。这里没有喧嚣，没有浮躁，只有绝美的风光，宁静的神山与圣湖充盈着一种纯洁的虔诚。

而在70年前，在矮拉山的筑路者遇到的却完全是另外一番景象。

矮拉山在藏语里意为"枕头山"，估计是取意山势平缓。这一带没有成片的森林，没有飞鹰的身影，只有山口经幡猎猎，那里的山峰风化而散乱，寒雪堆冷，云盘空寂。当时18军司令部侦察科的工作人员王贵，在《十八军先遣侦察科进藏纪实》一书中有清晰的记录："翻山时天气较好，但是同志们缺氧、憋气等高山反应仍很明显。虽然全科在德格休整了三个多月，体力有所恢复，然而因为携行量的加大，快要过山垭口时大家都十分吃力。挑行军锅的炊事员极度疲乏时，会计荆顺治赶紧主动抢过担子，帮助他们挑起行军锅爬山。荆顺治这种在困难时刻勇挑重担、团结互助的精神，感染了大家。行军队伍中响起了'同志们，加油干，坚决战胜矮拉山'的声声口号。午后，全科干部翻过了垭口，下山到达瓦拉寺，搭帐篷宿营。"

矮拉山是经岗托大桥进入西藏的第一个垭口，对于向往西藏的人们来说，它是一个地标式的象征。18军52师是真正的开路先锋，经过艰苦卓绝的努力，新路终于以九曲回肠的方式翻越了矮拉山。1953年，朱昌全所在的地方技工大队来到矮拉山山脚，任务是维护、加固这一带建好不久的翻山公路。矮拉山在云雾中显得十分平和，但多变的气候是外人并不知道的,只有走过矮拉山人才知道,当行至山腰间时，是一个急弯连着一个急弯，加上常有的大雾，蒙蒙看不清前路……

虽然叫矮拉山，其实它并不矮，海拔4245米。在这里维护路面不是一件容易的事，沿蜿蜒崎岖的盘山公路而行，道路十分狭窄而破败，两辆小车相会都很是艰难，就别说两辆卡车会车了。这里经常遇到倒车的事情，一面是山壁一面是悬崖峭壁，路又是很急的"S弯"，非常考验驾驶员的心理素质。道路早被过往的卡车把路面碾出两道深槽，道路中凸起了一根阻挡底盘的"鱼脊"。土路面之下往往藏有暗冰，加上大车下山往刹车盘上洒水流到地面上形成冰溜子,道路总是湿滑，真是暗藏杀机。而且，无踪无影的冰雪说来就来。

朱昌全随施工队开始登山扎营。他们携带帐篷、工具、柴米油盐等辎重。有人实在走不动了，就躺在地上，有点夸张地"噢哟哦哟"地喊了几嗓子，哪知道这一喊，雪弹子兜头盖脸地下起来了……

朱昌全自幼在成都长大，何曾见过这等架势！见无处可躲，赶紧用棉大衣包住脑袋。大的冰雹像土豆，小的像樱桃，砸在地上，发出令人心悸的声响。

其实，这不是矮拉山"欺生"，即便你一声不吭，矮拉山的冰雹也是想下就下。而且越是接近山顶，矮拉山的冰雹气势就越凶猛。因为海拔越高冰雹越大，能见度就更低了。整个路面因为持续多天的降雨，打滑非常严重。他们好不容易挨到冰雹变小，路面又全是泥巴和"龇牙咧嘴"的石头……筑路人才开始担土抬石，修整路面。有时是通过了一批汽车后就赶紧动手维护路面，不然的话下一批车就无法通过已烂得一塌糊涂的道路。

1952年后，新津籍的技工黄福昌参加过矮拉山公路二期工程，他回忆起那时的情形："工程没有第一期那样危险了。但最恼火的是雨季，因为我们每人只有一双胶鞋。烘也烘不干，第二天只好穿着去上工，很难受。"

由此可以看到筑路人的艰辛。

矮拉山是川藏北线的典型山路，进入雨季后更加难行。所以有人说，真正的西藏不在拉萨也不在阿里，而是在去西藏的路上。

朱昌全对我说，矮拉山山路十八弯，每一弯都是到达目的地的一个折返。当人们上山时，经历一个弯则山顶近了一步；下山的时候，经历一弯则离目的地又近了一步。也许人生莫过如此吧！所有的曲折都可以帮助我们抵达某一个目标，困难和曲折是帮助我们实现自我的阶梯，只要勇敢地、乐观地接受一切挑战，不管前面的路如何艰辛、如何曲折，我们筑路人努力过、坚持过，就一定会摘得幸福的果实，享受幸福的清香与甜美。

朱昌全最后说:"我满过90岁了。终生难忘矮拉山!从1952年到1956年,从23岁到27岁,我的青春激情全部抛洒在2412公里的川藏公路建设中。只可惜,我今生再无能力回到那里看一看!"

阳光可以按照自己的爱憎而投下万物各式各样的影子。而一个人的爱,却难以投射出真实的影像。他只能把这样的爱,藏在心里。

最难忘的"海参炖牛蹄"

筑路工人一开始见到藏族人吃牦牛血,觉得非常血腥,就没人敢尝试。其实在高寒地区,尤其在没有蔬菜、水果的情况下,动物血也能够补充一些人体必需的维生素,达到预防败血症的健体之效。在当地绝大多数蔬菜不可能种植成活的情况下,动物血确实能够补充人的营养。

我问朱昌全:"在你参与川藏公路4年多的建设生涯里,什么是最难忘的?"

他毫不犹豫地回答:"我们工地上的伙食在当时算好的,除了水果、蔬菜缺乏,大米、腊肉、香肠、黄豆、花生、咸鱼、海带等均有供应。我还吃过虫草炖牛肉、贝母炖羊肉。我吃过一顿海参炖牛蹄子,那个味道简直不摆了,好好吃哟!"说到此,老人露出了笑容。

怎么个好吃法呢?

朱昌全说，修路修到了昌都后，那里有一座大山，名叫浪拉山。山脚下全是茂密的原始森林，清澈的山间溪流发出原始粗犷的气味，深吸一口，身心清爽。这里民风古朴，与神山相应，构成了一道雄奇的雪线风景。

浪拉山上经常飘起雪花，所以浪拉山垭口上的雾是出了名的，总是云雾缭绕。高山上大片的草地覆盖着白雪，植被非常稀少，只有一层薄薄的苔藓。西藏的春天来得很短暂，高山草地泛出的绿色很是淡薄。偶尔有牦牛啃着草根，雪水在冰层下潜流而去。

浪拉山是昌都附近的最高峰，公路垭口海拔为4572米，附近有一个小村庄——雪瓦村。歌星韩红曾经为之高歌《浪拉山情》。韩红曾经踏上家乡的土地，在海拔4000多米的浪拉峰巅之上，遇到一群藏族孩子。韩红与他们坐在一起，一边吃着牦牛肉干，一边唱着"看白云，才看清了我自己；看山川，才看见了美丽……"因为这首歌是韩红自《家乡》以来又一首典型的描摹西藏风情的作品，所以一直被人们戏称为《家乡2》，最后还是韩红起了《浪拉山情》这个好听又贴切的歌名。

公路修到浪拉山，朱昌全记得是1953年。他们竟然可以在工地看坝坝电影了，这是工地上第一次放电影。对于一些来自农村的工人来说，看电影还是头一回。

朱昌全说："听说要放电影，大家太兴奋了。牦牛驮来了放映机，沉重的发电机是 4 个人抬过来的。我记得看过田华饰演喜儿的《白毛女》，《狼牙山五壮士》《一江春水向东流》……"

其实，八一电影制片厂出品的经典黑白老电影《狼牙山五壮士》拍摄于 1958 年。时光流逝，显然是老人记错了。

好不容易遇到一个星期天，天气晴朗，而且这天技工大队宣布休息一天。有些人在工棚里下棋、打牌，好不快活。鉴于平时的伙食里，肉食几乎都是腊肉、香肠、罐头等，大家感觉腻味了，朱昌全等几个人决定设法改善一下伙食。

他们注意到，当地的藏民喜欢把牦牛蹄子砍下来埋在混有牛粪的稀泥巴里，十天半个月之后，直到牛蹄子变软沤烂，再挖出来用石头慢慢敲烂牛腿骨，然后用刀剔下牛筋，再进行烧烤……这牛蹄看上去那叫一个黑，牛蹄子也硬，牛蹄子还有点脏——粪便泥土外包装。但筑路民工多是四川人，他们懂得如何烹调出美味。

朱昌全找来 4 个人约了一个"会"，每人出资 1 块银元。这可是一笔不菲的财富。俗话说："牛蹄筋，味道赛过参。"大家为此争论起来，最后达成的意见是，豁出去了，打平伙吃一顿海参炖牛蹄。在昌都附近的集市上，他们用这笔钱买到了 4 根沤烂的牛蹄子，以及来自印度的海参。

他们在工地找来一个白铁皮的空油漆桶作锅，装了足有二三十斤，大家就在工棚里忙开了。按照四川的做法，最好不要去蹄子上的皮，而是烫，先刮，然后烧，把皮留下来。处理好之后，用大火炖，把牛蹄上的牛肉剔下来，切成小块，之后先把猪肉炒一下，等到出油之后，加入牛蹄肉，然后爆炒，放入调料，加水。大火炖了几个钟头，沸点仅在70多度，只好拼命再炖。最后他们怕味道不好，竟然一下子倒入了半筒味精……

"好好吃哟！好好吃哟！好好吃哟！"朱昌全望着我，脸放红光，连说了三遍。

在一旁的朱昌全女儿说："爸爸，我们再做一顿给你吃吧。"

朱昌全说："我是'无齿之徒'，早就吃不动了。但多年前的那一顿，好好吃哟！"

我干了一桩"最背时的活路"

网上有一段话："西藏不在拉萨，不在日喀则，真正的西藏在路上。美景不在前藏，不在后藏，真正的美景在川藏线上。"话虽不假，但对于70年前修建日喀则通往拉萨的400多公里公路的朱昌全、黄福昌等四川人来说，来西藏后已经几年没有回过一次家，每前进一步就距离家乡远了一步。沿途可以见到不少青稞地，见到牛羊和奔跑在村落附近的狗儿，又勾起思乡的情感了……

朱昌全回忆起自己在川藏公路上的几年时光："我是配枪的保卫

干事,当时公路沿途的确有土匪出没,现金银元必须武装押运。记得一次我押运工地的银元,就遭遇到土匪打劫。他们使用的是'杈子枪',就是有两条腿的枪架,中间架土枪。但这种枪射程不远,准头也很差。我们使用的是军用枪支,根本不惧他们。对峙了一阵,对方看到我们摆好了阵势,估计讨不了好,就撤了……"

"不战而屈人之兵"是战争最理想的状态,加上又处于封闭的多民族地区,这是上上策、最高境界。没想到朱昌全另外一次押运银元,就"砸笨"了。"砸笨"是四川方言,有两个意思,一是干粗重活儿,二是干错了事,这也叫作"戳笨"。

从青藏公路开到拉萨布达拉宫前的汽车队,受到当地人民的夹道欢迎
(原载西藏人民出版社《纪念川藏青藏公路通车三十周年文献集》)

当时在修建、维护公路的过程中难免会占用一些藏族群众的土地，损坏一些庄稼。一次，单位派朱昌全去偿付藏民的地价、青苗费。事情本来比较简单，"没想到啊，我干了一桩这辈子'最背时的活路'。"说到这里，朱昌全长长叹气，一脸的懊恼之色……

西藏的人口主要集中于东部的昌都、林芝、拉萨和日喀则，也是川藏公路必经之地，为了维护民族团结，公路指挥部决定派人去公路沿线赔付已经结算好的青苗款。这样，身为保卫干事的朱昌全就与另外两个工作人员，押运了十几头牦牛，驮着上万块银元上路了。

山道逶迤，爬坡上坎，牦牛背上驮着装满银元的麻袋相互摩擦、撞击，直到口袋角彻底磨破。一颠一簸，一块一块的银元滚落出来，奇怪的是毫无声响。走了几十里，当他们一行走到第一个村寨，才发现两个麻袋的银元几乎已经漏光了。

那是唯一的道路，也不时有人通过，所以再去找回银元估计是没有可能了。事情汇报上去，公路指挥部最后的处理决定是，单位先拿出银元垫上赔付给村民；出差的几个人写出检查书，必须平摊损失的银元。

朱昌全清楚地记得，回到指挥部的那天下午，下起了雨。雨水将自己浑身淋透，也把泪水冲洗得一干二净。他看上去，仅仅是一个没带雨具的人。

朱昌全扭头对我说："记得我一共赔了近 400 块银元。啊呀，那可是一个天文数字啊！那时成都的一间临街铺面，100元就可以买到手。"他举起手，猛击一把大腿，"我难道不是干了一件最砸笨的活路吗？！"

话虽如此，朱昌全到1956年6月离开西藏返回成都时，也带回来了一百多块银元。而在西藏那几年，他也汇钱回老家赡养父亲以及供给哥哥一家的生活好几年。第一次寄30元，第二次寄了整整100元。家里收到这笔巨款后，"大家惊呆了！激动得简直不敢用！"

朱昌全回到成都结婚时手头就不太宽裕，只好去找同事借了100元。这在当时从川藏路回来的筑路工人里，非常罕见。

朱昌全带回来的东西，一直是亲戚们羡慕不已的宝贝：他花300银元买回的2块欧米茄、英纳格进口手表；尼泊尔出产的毛毯、毛皮鞋；他还花50元买了一个象牙章给了哥哥；另外啊，还有一张小熊猫皮。

朱昌全低头小声对我说："当时我花了5块钱从藏民手里买的皮子。多年来，我一直不敢说。现在说出来，不会犯错误吧？"

我说不会的，因为那毕竟是70年前的事情了。

朱昌全的儿子在一旁插话："那张小熊猫皮拿去找皮匠改制成了一顶帽子，但成都不大冷反而戴不上，后来被虫蛀坏了。爸爸和妈妈的罗马手表，后来搞收藏的人在小区摆摊，被人用电子手表换走了。小区的同事很多人都用西藏带回来的老手表去换成了电子表……唉，老人们被骗得苦啊……"

参与川藏公路建设的工人，回到内地时几乎都买有进口手表，而且往往是男女手表各一块，男表自戴，女表用来相亲。筑路工戴进口手表，这也成了当时的一道风景。

女儿朱英拿出父亲的一个用了一辈子的白铁皮盒子，里面放着几枚筑路纪念章、毛主席像章，还有几个西藏铜钱。她讲："爸爸留下的几个从西藏带回来的银元，我们拿去打戒指了……"

而坐在一旁的朱昌全由于说话太多，已经睡过去了。直到我离开时，他似乎仍置身梦乡。

他会梦到雪花飞舞的雀儿山吗？

蜀郡太守何君阁道碑

修完川藏公路之后,黄福昌离开西南交通部第二施工局前方支队,先是进入天全县新沟汽车站担任司务长,1958年调至雅安汽车运输公司荥经县泗坪汽车站工作。那时从汉源县运过来的锰矿源源不断,投入到烟雾腾腾的"小高炉"……

黄福昌在荥经县待过多年,熟悉那里的风物。荥经县的茶马古道被称为官道。如今这条官道被湮没在崇山峻岭中,但仍能看见"拐子"、马蹄印,以及由"幺店子"构成的古院、古镇。直到他退休多年后,有一天看报纸,才注意到荥经县有一个意义深远的历史遗迹!

一块距今已有1900多年历史的东汉石碑——何君阁道碑,2004年在荥经县被发现。这是迄今为止中国发现的年代最早的东汉摩崖石刻。何君阁道碑位于距荥经县城约20公里的烈士乡冯家村穿山洞,是该县民建乡小学教师在河里游泳时发现的。而此碑至今得以完好保存的主要原因,是由于碑体被一个上凸下凹的岩石腔保护着,从而免受了风雨的侵蚀。

何君阁道碑系东汉光武帝中元二年(57年)所刻。这是史有记载、未曾见物的国宝,也是历代学者梦寐以求的古代文物。说它是碑,是因为史书中记载其为碑,但实际上是摩崖石刻。石刻镌于高约350厘米,宽约150厘米的页岩自然断面上,上面岩石呈伞状向前伸出约2米,形如屋顶,有效地保护了刻石免遭日晒雨淋。石刻四周随字体变化凿成一不规则梯形,高65厘米,上宽73厘米,下宽76厘米。全文共52字,排列7行,随字形简繁,任意结体,每行7字、9字不等。其铭曰:"蜀郡太守平陵何君,遣掾临邛舒鲔,将徒治道,造尊楗阁,袤五十五丈,用功千一百九十八日。建武中元二年六月就。道史任云、陈春主。"字迹清晰完整,最大字径宽9厘米,高约13厘米。书法风格极具早期汉隶典型特征,横平竖直,波磔不显,古朴率直,中锋用笔,以篆作隶,变圆为方,削繁就简。其章法错落参差,洒脱大度,反映了由篆及隶的演变过程。[①]

在何君阁道碑发现之前,陕西褒县的鄐君开通褒斜道石刻被认为

[①] 高文:《四川新出土一批汉代碑刻表》,载《中国汉画学会第十二届年会论文集》,中国国际文化出版社,2010年,第239页。

东汉摩崖石刻《蜀郡太守何君阁道碑》（拓片）

是东汉最早的石刻（永平九年即 66 年落成），何君阁道碑横空出世，取而代之。何君阁道碑的确是东汉之首。这不仅早于雅安市建安时期的《樊敏碑》（205 年）、《高颐阙》（209 年）、王晖石棺（212 年）等文物，也早于《石门颂》（148 年）、《史晨碑》（169 年）、《张迁碑》（186 年）、《曹全碑》（185 年）、《孔宙碑》（164 年）等几大天下名碑。

这不但是中国发现年代最早的东汉摩崖石刻，而且是最早的修路纪念碑，是研究古代栈道修建的珍贵文献资料，同时在汉字的发展演变史研究上，也是极其重要的实物研究资料。这块摩崖石刻的发现还极有可能改变人们对西南丝绸之路路线的认识，对研究西南地区的交通史有着重要的意义。它从一定程度上说明，汉代以来经过荥经县的西南丝绸之路与现在的国道108线荥经段相一致。

西汉之前，从成都经云南，可直达缅甸北部，再转至天竺，这条路古称"蜀身毒道"。此路与通过各部落的民间商路后又被合称为西南丝绸之路。据史书记载，西南丝绸之路经荥经县安靖乡和凤仪乡，翻越大相岭到康定的路线始于秦汉时期，但从发现的这块石刻看，该路线很有可能晚于记载中的时期。

下部

成阿公路篇

成阿公路交通简史

抚今追昔忆古道

2019年,成都市西北街社区落成的成阿公路零公里界碑,在位于营门口路的熙城国际大厦门口的一团小黄菊簇拥的绿化带上,显得并不起眼。来来往往路过的市民们,可曾留意这个红圈小地标?它就是历史的地标:成阿公路零公里界碑。

界碑高1.3米、宽1.2米,主要由汉白玉大理石加工而成。界碑正面雕刻着"成阿公路零公里界碑"碑文:

动工时间:1951年3月21日

建成时间:1955年11月10日

公路全长：506公里

随着新中国的建立，四川地区的解放，成都通往藏区的第一条公路应运而生，这不仅是跨越千难险阻的天路，更是连接各民族友谊的纽带，五百零六公里的长路，由四年零八个月的时间凝聚，三万筑路英雄的奋斗铺就，一百九十一条的生命奠基，几十年风霜依旧，天堑通衢漫漫，老成阿公路零公里由此起步，旧路变新颜在此印证。

界碑背面雕刻着成阿公路纪念徽章以及藏语版"成阿公路零公里记"。界碑的四周由一个大红圈围绕而成，凸显零公里——界碑中"零"

成阿公路时间表

起点的意义。界碑在2019年12月安装，如果不留意界碑上的文字，很容易把它当成一座迎节日的彩灯装置。界碑不大，也不算显眼，但界碑标识的成阿公路却意义非凡。

出生在阿坝州的金牛区人大代表李杰说，在2018年1月举行的金牛区人民代表大会上，他提出了重塑成阿公路零公里界碑的建议，此举得到了金牛区人大高度重视。这一位置恰是原来老西门车站旁成阿公路零公里桩的所在地。重建零公里界碑也算是对成阿公路进行一次富有深意的纪念。

回溯这段令人热血澎湃的峥嵘岁月，数万战士、知识分子、民工们用血肉之躯开凿了这506公里道路，无疑也是"两路精神"的具体体现：贯穿了一不怕苦、二不怕死，顽强拼搏、甘当路石，军民一家、民族团结的精神，成阿公路始终是民族团结之路、文明进步之路、各族同胞共同富裕之路。

2008年汶川大地震之后，我多次行驶于成阿公路，真可谓一路风景一路歌。由于水土保护政策得到了严格执行，沿途群峰嵯峨，森林密布，偶尔可以在岷江边嶙峋的岩石堆里见到大片杜鹃和傲然挺立的岷江百合。岷江百合整朵花呈白色，但是花瓣内侧会渐变为黄色，外侧有一圈紫晕，加上花朵硕大，芬芳四溢，尽显华丽典雅的王者风范。1903年，其在被英国植物学家亨利·威尔逊于岷江汶川河谷发现之后，开始被移栽于英国皇家园林，很快被人们尊为"Regal Lily"——"帝王百合",这可是西方植物领域的"圣物"!但在川交二处百岁老人石龙裕眼里,这些百合花不过是70年前新中国第一代筑路大军煮汤、煎炒的寻常之物。

岷江河谷里堆满了江流急躁的吼声,白浪滔天,天际之处凸显岷山山脉的雄浑与硬朗。我会停车观看山河,尤其是那些掩映在云朵与山鹰翅膀下的道路。

一个人尝试拂去历史表面上的遮蔽物或传说的迷魂阵,就可以追踪事物的蛛丝马迹,从而找到那些历史事件的原点,甚至抓起一把路边的泥土,而蛰伏在泥土里的远梦,会在光照下流出眼泪……所以,我们不妨考量一下鲁迅先生《故乡》中的那句箴言:"世上本没有路,走的人多了,也就成了路。"有的人反其道而言之:世界上本来有路,走的人多了,反而没有了路。其实,前方有无道路并不是最为要紧的,唯有行者的身体与心灵均至之处,方为在场,方为道路,方为人迹。

恰恰因为交通人与历史砥砺而行,摩顶放踵,孜孜以求,方有巍峨壮丽

成阿公路通车纪念章

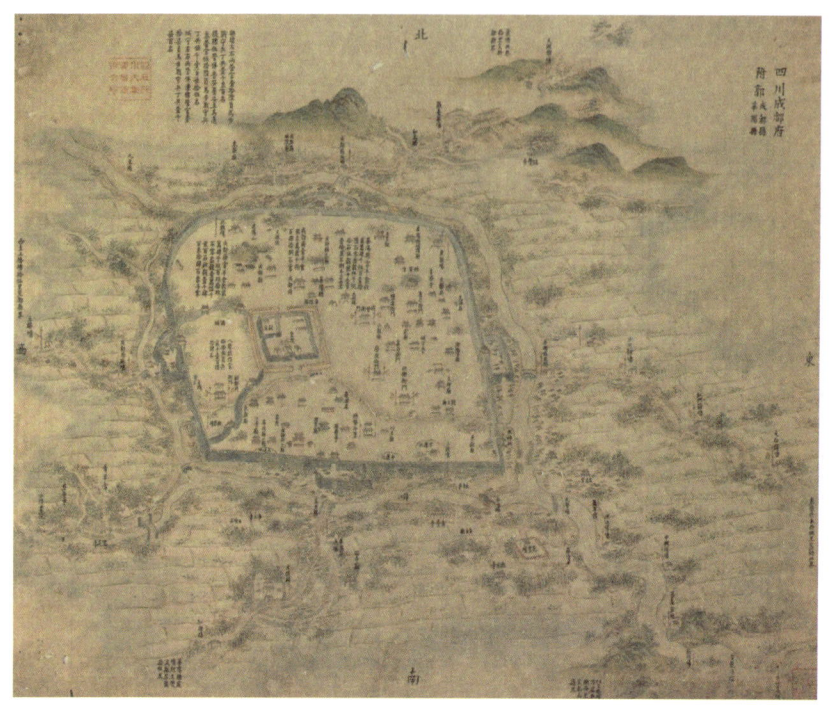

清乾隆年间彩绘《四川成都府图》

的成阿公路。

在修建成阿公路之前,广袤的阿坝州大地上没有一寸公路。民国时期有些停留在文件上的公路计划,比如曾经就有过修筑灌(县)茂(县)、松(潘)平(武)、雅(安)懋(功)等公路的设想和建议,但仅仅是"纸上的想象"。

阿坝州自古有两条古道,成了连接阿坝州与外部世界的"任督二脉"。

一条古道位于岷江东岸,称松茂古道或灌松茶马古道。从灌县(今都江堰市)经威州(今汶川县威州镇)、茂州(今茂县)通达松潘,全长680里,泥夹石块而成,宽5至7市尺。[①] 这样可以并排走马的道路,本是官道,亦被当地人称为"大路",这是阿坝地区自古以来北连甘青边区、南接川西坝子的主要走廊,实际上就是今天国道213线的"九环线"路段。

商人以骡马、牦牛从藏地山区运出毛皮、山货、药材以及草木灰,然后在灌县换回藏族人民生活的必需品:火药、粮食、盐巴、砖茶、丝绸、布匹等。在这条古驿道上,马帮从灌县出发到松州,要在崇山峻岭中跋涉足足20天。这条"大路"的走向大致是:要经过三垴(寿星垴、西瓜垴、东界垴)、九坪(豆芽坪、银杏坪、兴文坪、大邑坪、杨木坪、富阳坪、周仓坪、麂子坪、镇坪)、十八关(玉垒关、茶关、沙坪关、彻底关、桃关、飞沙关、新保关、雁门关、七星关、渭门关、石大关、平定关、镇江关、北定关、归化关、崖塘关、安顺关、西宁关)、一锣(罗圈湾)、一鼓(石鼓),才能抵达松潘。[②] "三垴九坪十八关,一锣一鼓到松潘"正是阿坝地区在新中国成立之前交通实际的写照。

---

① 1市尺≈0.33米。
② 据都江堰市政协网2011年12月19日所载王国平搜集整理的《成灌马路:四川第一条公路》。

另外一条古道,被称为"小路",是从都江堰经过卧龙到达懋功(今小金县)。此路可以再连通靖化(今金川县),也是一条著名的盐茶古道。

在崇山峻岭之中较为著名的支路有一条:从威州经理番(今理县),翻越海拔4000多米的鹧鸪山到刷经寺。这一带也是藏族和羌族居住区的一个分界线,鹧鸪山因山体形如性喜朝向太阳的鹧鸪鸟而得名。这条路上飞沙走石,风力极大,行者能感觉到风的强大推力。到刷经寺后再分别进入"四土"[①]地区(今马尔康、黑水、金川县等大部地区)和草地牧区(今阿坝、红原、若尔盖、壤塘县等大部地区)。

从威州经理番,翻越鹧鸪山进入草地的路线,实际上就是新中国成立后成阿公路的修筑路线。

此外,另有小道数条:草地牧区北面若尔盖可由小道通甘肃省,东面松潘、南坪有小道通平武,西面阿坝、壤塘有小道通往青海和甘孜,南面的懋功有小道通往雅安。

在茫茫群山中,虽然散落有百步九拐的羊肠小道,但大多数爬坡上坎,泥泞难行。无论大路、小路、支路,都恰如《松理茂懋靖汶边务鸟瞰》一书中的记载:"其间鸟道羊肠,千回百折;长峰巨岭,棋

---

① "四土"是指当时管辖上述地区的梭磨、卓克基、松岗、党坝四个土司。

康藏公路领导视察刚刚铺设的康藏公路一段（历史资料图片）

布星罗；水不可行舟，陆不可并辔。行于汉人居处之地，尚有桥梁可济，旅舍可居；如入土人住牧之境，则路断人稀，险阻尤甚。"

现在的成都到阿坝州的公路简称"成阿公路"，是兰州至磨憨公路（G213）中的一段，全长506公里，单位参建363公里。而成都至灌县55公里又是成阿公路中的一段，始建于1913年，由四川都督胡景伊倡修。公路起点位于成都老西门，经犀浦、安德铺、崇义铺至灌县，就原人行道路加宽，地势平坦，工程简易，但修路无专项经费，仅四川军政府拨款数万元，征地及购买石子殆尽，由灌县始修，至一个叫赵家园的地方，就遭到地方势力强烈反对，当局只好下令缓办停修，长仅1公里。

1921年，省长刘湘再修，因筹款无着，未成。1922年，省长刘成勋派代表到广州请孙中山借侨资未果。1923年,杨森督理四川军务,任道路分会会长,拨款数千元资助,工程至崇义铺(距灌县14公里)又停,乃决定招募商股,得款数万元,江津张麓秋入股最多,被委任路局会办。1924年成都一端开工,1925年通车,先后耗资20万元,历时12年。此为四川省的第一条公路,称为成灌公路。

原成灌公路行车不畅,且为驻军把持,设卡、收捐,却不养路,常阻车。民间诗云"一去二三里,抛锚四五回。前行六七步,八九十人推"。[①]

所以在1925年四川省修建的第一条公路"成灌公路"通车之前,从灌县前往成都,人们也只能是步行,或者坐轿、骑马、乘坐鸡公车。生活在阿坝高原地区的山区人,被高山草地围困,被峡谷激流阻挡,基本生活用品如食盐、茶叶、火药、布匹、药品等,全靠人背或牲畜驮运,在跨越河道的地方,仅依赖危险的溜索维持着与外界的联系。

修筑成阿公路

由吴江东整理的《读史明志(一):由成阿公路开启的阿坝公路

[①] 《四川川交路桥有限责任公司志》编纂委员会编:《四川川交路桥有限责任公司志》,第177页。

1951年，少数民族支援修灌茂公路（原载西藏人民出版社《纪念川藏青藏公路通车三十周年文献集》）

建设史》[①]一文，概述了成阿公路立项接修、扩展的过程：

  1949年10月1日，中华人民共和国成立了。1949年11月，中国人民解放军第二野战军发起川黔战役，刀锋所向，摧枯拉朽，直指大西南。12月27日，南北两线解放军在成都胜利会师，和平解放成都，国民党军队残部纷纷向川西南、西北溃逃，妄图继续顽抗。1950年初，人民解放军向阿坝地区进军，于当年9月前解放了原四川省十六专区所属的茂县、汶川、理县、松潘、懋功、靖化等6县，同时

---

① 吴江东：《读史明志（一）：由成阿公路开启的阿坝公路建设史》，阿坝藏族羌族自治州公路管理局官网：www.abgli.net/abzgli/c103679/201212/c7bb9fdzb446497cb6623b22f2fcf180.shtml。

在1950年2月解放茂县后，成立川西人民行政公署茂县专区专员公署（设于茂县凤仪镇）。1952年7月，解放军发动黑水战役后解放黑水县。1952年12月，四川省藏族自治区建立（区府驻茂县凤仪镇）。1953年3月至5月解放军进入了整个草地地区，实现阿坝全境解放。1955年12月，四川省藏族自治区改为阿坝藏族自治州（州府驻刷经寺，1958年迁驻马尔康，1987年更名为阿坝藏族羌族自治州），并于1956年3月至7月在全州集中开展平叛斗争，巩固了新生政权。

为配合政治、军事斗争，迅速解放和安定川西北及广大的西北地区，改变川西北地区交通闭塞的落后状况，帮助民族地区发展和繁荣经济，在解放阿坝地区和建立阿坝民族自治州的过程中，1950年12月至1955年11月，党和政府筹备、修建了成都至阿坝县的公路，即"成阿公路"。

成阿公路是新中国成立初期四川境内新建的第一条干线公路和第一条较长的山区公路，也是阿坝地区的第一条公路。

1950年春季，川西军区、川西交通厅报中央同意接修灌县至茂县公路，史称"灌茂公路"。1953年春，四川省交通厅、成都军区又决定将公路从茂县修到阿坝县城，由此统称"成阿公路"。

成阿公路全长506公里，其中灌县至阿坝一段全长454公里。公路起于成都西门，经过郫县、灌县，沿狭窄的岷江河谷而上，于漩口进入阿坝州汶川县；越飞沙关、沙窝子，抵达威州（今汶川）后跨过岷江，沿杂谷脑河右岸逆行，再经薛城、理县后到米亚罗，再沿来苏河行至山脚坝，翻越鹧鸪山，下至刷经寺，再上查真梁子到红原县龙日坝，在二道桥分路后，翻越海子山、阿依拉山，过查理寺，经麦尔玛，最后到达终点阿坝县阿坝镇。除成都至灌县段55公里系民国时期建成外，其余451公里均为1951年3月至1955年11月期间修建。

1950年12月，西南军政委川西行署交通厅公路局"灌茂公路工程处"成立，川西公路局副局长杨克任工程处处长，副处长为灌县副县长郭平，高级工程师张家声任总工程师，负责修建灌县至茂县公路。1951年初，驻四川省新都县原西南军政大学川西分校的七个队近千名学员，奉命改编为"川西军区教导一团"，该团团长苏新[①]被任命为"灌茂公路工程处"副处长，执行灌茂公路修筑任务。1952年3月，因政治、军事斗争的紧迫需要，交通部核准投资修建成（都）阿（坝）公路。正在灌县至汶川一线施工的"灌茂公路工程处"随即予以调整，担负起成阿公路的建设。

1951年初，四川公路局留用的一批以前的工程师被调到公路工程处。该处在灌县城内的井福街征用了一所院落，职工和家属均住在里面，但该处的施工指挥部却设在灌县城外十多里处的白沙镇。

---

① 苏新：羌族，老红军。曾任茂县军分区参谋长、阿坝军分区副司令员、四川省藏族自治州副州长。

川西行署交通厅公路局早在1950年就组织了4个测量队对路线进行踏勘，按照山岭区五级公路标准设计成阿公路。测量队没有先进的测量仪器，只能使用罗盘、手持水准仪、计步器以及自制的竹尺进行测量。白天测量，晚上回到帐篷再完成测量资料的整理。有时一天只能测量几百米，顺利时最多推进1公里左右。该路先后分灌（县）汶（川）、汶（川）理（县）、理（县）马（塘）、马（塘）海（子山）、海（子山）阿（坝）五个大段进行修筑。设计文件系先后分别编制，并随着当时的形势和施工进度的需要不断修订，有的路段甚至边施工边修改测设方案。

1951年3月21日，成阿公路（灌县到汶川段）工程举行了开工典礼。开工初期有军工2300名，负责重点工程施工；民工2000人，编为两个支队，负责一般路基土石方工程施工。路基工程完工后，又在灌县征集民工1500人，在广汉、什邡、德阳等县招收技工270人，组成直属大队参加施工。1952年3月，因部分军工复员，又在成都招收民工3000人。至1955年最后一期工程时，尚有4000余人。成都地区及邻近各县先后有12000名市民和农民参加成阿公路修筑。整个工程在长达4年8个月的施工期间，先后有军工、民工等共计3万多人参加到筑路大军当中。据不完全统计，在成阿公路的修筑施工中，共有191名筑路人员牺牲，可以说修筑成阿公路，步步流血，平均每推进2.5公里，就有1名筑路英雄付出生命。

当年的筑路工人桑利水,作为第一批筑路者参加了灌汶公路的修建。他在《修筑灌茂公路的山西人》一文中回忆说:

> 1951年初,驻四川省新都县西门外原西南军政大学川西分校7个队约近千名学员,奉命改编为"川西军区教导一团",执行史无前例的修筑灌茂公路任务。我所在的四大队二队被编为一营三连。2月4日午后抵达灌县,三连的筑路任务被分配在二王庙后山(灵岩山)向西300米半山腰拐弯处。当时的筑路不仅条件艰苦,而且也很危险。在一次工程事故中,我们团就有12名战士不幸遇难。三连学员均系原国民党九十五军起义校级军官。筑路不但是精神意志的考验,同时也是一种思想上的学习和改造。当时,连队施工配备的工具主要有:洋镐、铁锹、镢头、撬杠、8—12磅锤和炮钎(打炮眼用)。除此之外,连队还从学员中抽调两人组成锻工修配组,主要负责维修每天损坏的工具……灌茂公路地处山区,筑路战士要顺着岷江开出一条路来是很不容易的,而且还是使用洋镐、铁锹、炮钎等原始工具,一点一点把山劈开,遇到铁锤打不动的石头就只能先打炮眼。由于山陡,大家有时只能先把绳子拴到树上,再把绳子捆到人身上,就这样在半山腰(悬着)来回打炮眼,然后放入黑色火药、导火线,开山炸石,一米一米向前筑路。就用这种办法,战士们花费了近半年的时间,才

1952年，灌茂公路建桥工地（图片由四川路桥集团提供）

> 从人迹罕至的大山中开出一条8至12米宽的公路……①

文中描述的是修筑从灌县翻越岷山余脉的公路，这一带地质条件固然困难，但海拔不高，山体大体稳固。而公路越往岷江上游延伸，山势越发陡峭，沙土垮塌严重，植被稀少，施工难度就越来越大。但我们从桑利水老先生的记述中，可以想象当时修路人栉风沐雨，完全

---

① 桑利水：《修筑灌茂公路的山西人》，《山西老年》2009年第5期。

依靠人力与血气在悬崖绝壁上掏出一条通天之路的绝世伟业。

1952年7月,灌县至汶川段73公里公路建成。1952年12月,汶川至理县段51公里公路建成。

1953年初,在公路修至理县后,因阿坝民族地区政治形势发生变化,为加强领导,组建"成阿公路筑路指挥部",由茂汶军分区政委鲁加汉任司令员兼政委,高级工程师张家声任工程处处长,组织军工、民工及劳改队共同承担理县至海子山段219公里公路的修建任务,工程于1954年2月完工。

1953年,成阿公路工地动员会(图片由四川路桥集团提供)

1954年4月，成立成阿公路工程处，隶属交通厅公路局、茂县地委、茂县军分区三重领导，以军分区领导为主，负责海子山至阿坝县城段108公里公路的修建，至1955年11月完工。至此，成阿公路全线贯通。

1955年11月10日，全长506公里的成阿公路全线通车典礼大会和剪彩仪式在阿坝藏族自治州人民政府所在地刷经寺举行。4000余名筑路英雄和当地数名千藏、羌、回、汉各族群众参加了典礼。当时《人民日报》《四川日报》均予专题报道。

成阿公路连接起内地和阿坝民族地区，堪称藏、羌、回、汉各兄弟民族团结的纽带。

成阿公路工程艰巨，条件异常艰苦。路线翻越崇山峻岭，穿过原始森林和草原泥沼地带，其中大部分路段处于高寒冻土山区。全线平均海拔在2000米以上，最后的200多公里路段平均海拔在3500米以上，其中鹧鸪山段海拔4132米，查真梁子段海拔3910米，海子山段海拔3986米，阿依拉山段海拔3940米，覆盖积雪终年不化。沿线人烟稀少，山势崎岖，气候恶劣，地质复杂；高山深谷、悬崖峭壁、滑坡流沙、林海泥沼，无所不具；加之运输供给线长，给筑路工作带来极大的困难。但在全体筑路人员的艰苦努力下，筑路者大声喊出了"公路修到云里去，石头都听咱的话"的豪迈口号，仅用了4年8个月便实现全线竣工。

尽管通车了，但从马尔康到成都也需2天时间，出来住汶川，进则住宿于理县。中途翻越鹧鸪山时，汽车引擎的呜呜声完全是"老牛拉破车"。司机们翻越终年积雪的鹧鸪山时总是分外小心，当年翻山就得花上半天时间。特别是遇到雨天和下雪，司机无不胆战心惊。即使如此，在鹧鸪山每年都有三四十台车栽进万丈深渊，所以鹧鸪山素有"死亡之谷"之称。很多来往的旅客只要是翻过了山，都会庆幸地说："我又算活过一次。"

在成阿公路的修筑史中，涌现出许多英雄模范人物，仅军工系统就有一等功臣、二级筑路模范袁泽善，一等功臣兰居禄，二等功臣陈开云、张大志等。由于施工任务艰巨、施工条件艰险，不少筑路人员为之付出了宝贵的生命。

据《阿坝藏族羌族自治州交通志》《四川交通志·公路志》的记载和2012年10月16日至17日四川省公路局、阿坝州公路局在米亚罗烈士陵园、理县烈士陵园的实地考察可知：1953年7月1日中午，解放军四川省公安总队二四团二营六连正在理县米亚罗八角碉口路段施工，山体突然大面积垮塌，该连包括前来送饭的炊事员在内的10名战士，顷刻间被覆埋，壮烈牺牲，其中年纪最小的战士仅19岁，同时造成轻重伤11人。长眠于此的10名筑路英雄分别是：副班长历仲文，战士韩福元、黄天尧、夏桂枝、温忠明、李元林、李真杨、唐先沛、曾建民和炊事员黄绪运，他们分别来自蓬溪县、资阳县、简阳县、富顺县、巫山县、营山县等地。

1957年，成灌公路改善工程处女工锤碎石（图片由四川路桥集团提供）

据不完全统计，在成阿公路的修筑施工中，共有191名筑路人员牺牲，164人重伤。[①] 可以说，成阿公路是多民族兄弟用生命与鲜血凝结而成的一条通天之路。

为了纪念成阿公路的贯通和为之付出生命的筑路英雄，1954年2月，在理县至海子山段完工后，成阿公路筑路政治部、指挥部和四川省藏族自治区人民政府在理县修建了"四川省成阿公路修建纪念塔"，

---

① 《四川川交路桥有限责任公司志》编纂委员会编：《四川川交路桥有限责任公司志》，中国藏学出版社，第178页。

镌刻了157名为修筑成阿公路献出生命的英烈名录；1954年1月，中国人民解放军四川省公安总队成阿路政治部、指挥部在理县米亚罗修建了"筑路烈士纪念碑"，镌刻了10名烈士的名录。

时至今日，成阿公路仍然是阿坝州最为重要的干线公路。它的终点与阿（坝）久（治）公路相接，可通青海省；又于龙日坝（397K+200处）与龙（日坝）郎（木寺）公路衔接，可达甘肃省兰州市。其在阿坝州境内长424公里。现在的国道213线、国道317线分别通过此路成（都）汶（川）段和成（都）刷（经寺）段；刷经寺至龙日坝段现属省道209线，龙日坝至阿坝县城段现属省道302线。以这条大动脉为骨干，后来逐渐联通了州内各县公路，对阿坝州的政治稳定、经济繁荣、社会发展起到了不可估量的促进作用。

媒体记载的筑路人心路史

成阿公路是连接成都平原与川西北少数民族地区的第一条现代公路。在1951年—1955年修筑成阿公路期间，伴随公路自平原向山地、草原的艰难延伸，新的各级政权在川西北地区逐步建立。更为重要的是，借此，新型民族国家的理念与机制逐渐深入这一族群边缘区域。四川省藏族自治区人民政府主办的《岷江报》、成阿公路筑路指挥部主办的油印钢板刊物《筑路通讯》（后来改为铅印的《筑路》报），全方位、

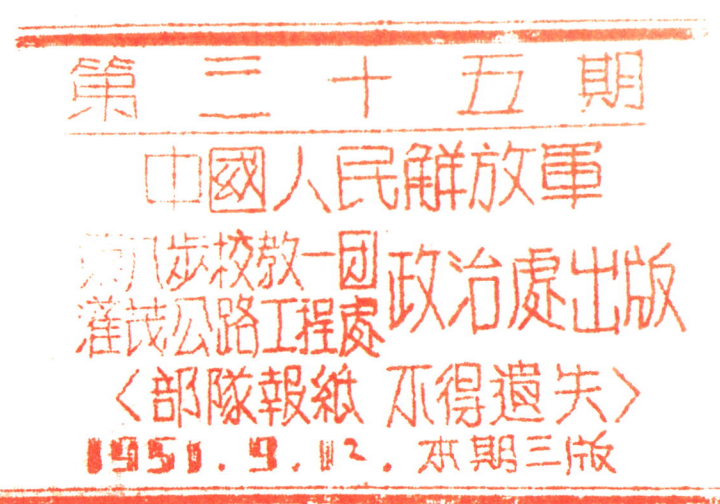

《筑路》报头

高密度地报道了成阿公路的修筑历程。

1953年1月,成阿公路筑路民工二支队二大队二中队,以集体的名义向在朝鲜战场上光荣牺牲的英雄黄继光的母亲邓芳芝老人,写了一封饱含深情的慰问信。

亲爱的黄妈妈:

当我们听到你的儿子黄继光同志,为了保卫祖国和全世界人民的安全,在朝鲜战场上英勇牺牲的消息后,我们非常感动。我们一百多个同志,都表示要坚决向你的儿子学习,学习他那种高度的爱国主义和国际主义精神，努力工作，克服一切困难，争取早日修好成阿公路，把我们祖国建设得更好，还要用实际行动加强抗美援朝，支援志愿军。①

时至今日，我们仍然可以从字里行间感到筑路大军那股昂扬而蒸腾的血气。

根据参与过成阿公路建设的老人回忆，那时在工地上只有极少数有文化的人看过奥斯特洛夫斯基的名著《钢铁是怎样炼成的》，曲折动人的故事，成为筑路者休息时最爱听的"筑路题材"的小说。小说在1942年就由翻译家梅益根据英文版翻译成中文，从1952年开始大量出版印刷，广为流传。很多工人可能一生也没有看过一部小说，但他们依稀还记得这样的句子："人最宝贵的是生命。生命每个人只有一次。人的一生应当这样度过：回忆往事，他不会因为虚度年华而悔恨，也不会因为卑鄙庸俗而羞愧；临终之际，他能够说：'我的整个生命和全部精力，都献给了世界上最壮丽的事业——为解放全人类而斗争。'"这是影响一个人一生的文字，令人久久不能平静。

在当时媒体传播有限的条件下，反映工作进展、工地概况、文化

---

① 《给黄继光烈士母亲的慰问信》，《岷江报》1953年1月25日第2版。

生活的小刊物《筑路通讯》定期发行，号召大家踊跃投稿，因此各队都有很多人送去稿件，真实地反映了各个工地的情况。有像江适逢、袁泽荣这样许多个人送去的稿件，也有几个人组成通讯小组进行集体写作，如车勉之、赵克勤、赵发荣小组，彭文仁、郑荣贵、张某某小组，其中最为突出的是崔成明（记不得是何队工作员了）写了一篇名为《小帐篷》的小诗，曾在《四川工人日报》发表，还获得颇为丰厚的28元稿酬，一时传为佳话。①

1952年年底，灌茂公路汶川到理县的路基路面工程胜利完工。当年12月底，一辆美国道奇牌卡车进行试路，算是给辛勤的筑路人最大的安慰与最高的奖励。第二年3月初，理县龙窝寨小学的王光明小朋友难掩兴奋之情，他给修筑成阿公路的民工写信说："在反动派统治时候，莫说是汽车，就是修路也没有见过。解放了，毛主席为了改善我们少数民族的生活，才派民工叔叔来修路。"

时隔不到两个月，理县立列寨小学的羌族小朋友宋巧花、陶先第、查先第，利用"五一节"假期忙着砍柴、割草，准备出售柴草来扯布做花裙。她们憧憬即将到来的儿童节，届时要穿着新的衣裙，上街观看"最新奇的动物"——汽车。

根据川交公司离休干部、1939年6月加入中国共产党的百岁老人

---

① 参考内部资料《史志通讯》2015年6月第64期。

石龙裕的回忆，很多老人、孩子热情地抱来很多青草堆放在汽车前，他们要让"铁牛"吃草、喝水……

1955年9月下旬，成阿公路终于修筑到了川西北草地的重要节点查理寺，此地是1935年红军进入阿坝州的地方。9月30日下午，塔洼部落的藏胞朗罗正赶着一群牦牛牧归，这时两辆吉普车沿着新修好的公路开了过来，牛群受汽车马达声的惊吓而四散逃开。郎罗顾不得吆喝牛群，她"盯着汽车细细地看，很久不忍离去"。次日是国庆节，清晨两辆大卡车开到了查理寺，当地藏族同胞都跑来观看。不仅如此，在安曲工作委员会藏族干部力肘的率领下，80多个藏族同胞坐上了卡车。"汽车在草原上飞跑，藏族同胞们在车上不断地欢呼——这是他们第一次坐汽车。"

《岷江报》的不少报道都蕴含着类似的故事，"从无到有""从旧到新"这样的关系贯穿其间。作为新生事物的公路、汽车、花裙子、筑路民工、藏族干部、儿童节、国庆节等，均是新的时代条件下的产物。20世纪50年代初的川西北高原上，热火朝天的筑路工地、平整的公路、飞驰的汽车，远非是交通条件的改善，更塑造出新中国强大力量的理想图景。[①]

---

① 王田：《建国初期成阿公路修筑与现代民族国家构建》，载《西南边疆民族研究》第25辑，社会科学文献出版社，2018年。

1951年9月12日《筑路》

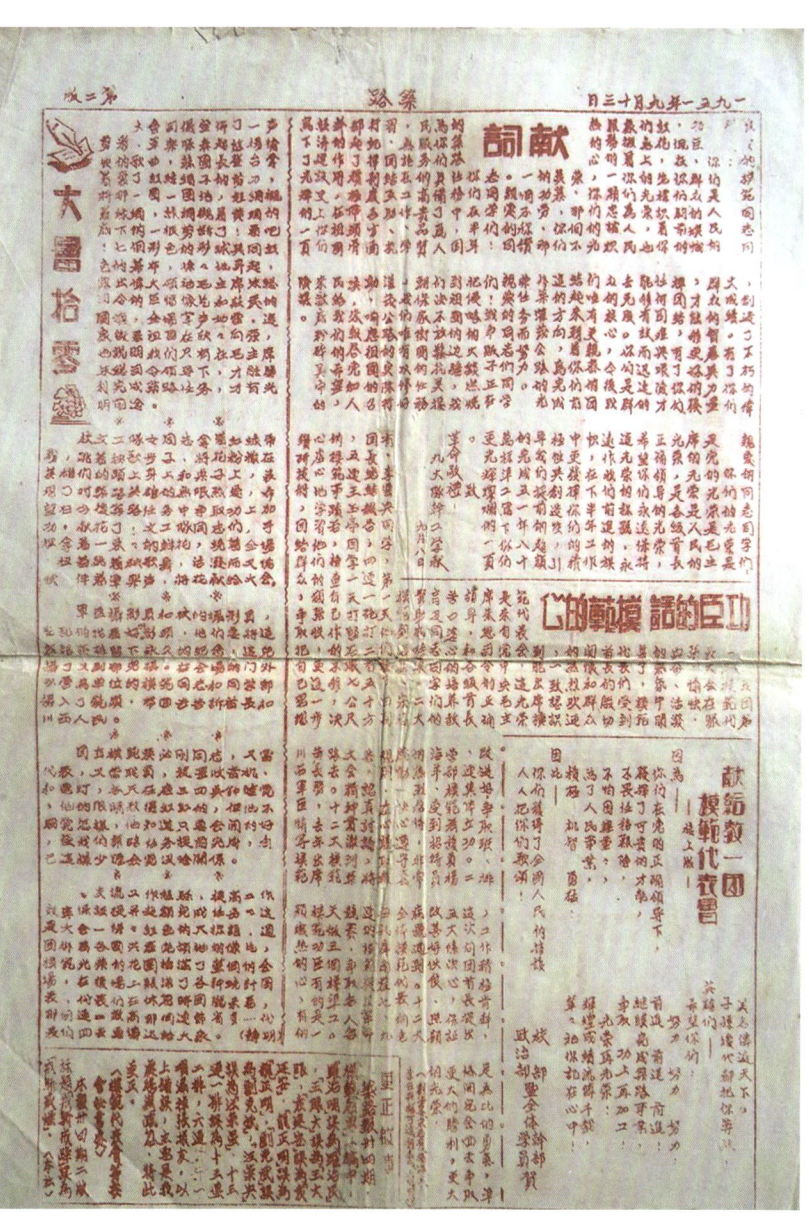

1951年9月13日《筑路》

筑路施工队，其实也是宣传民族政策、讲解多民族团结的最现实的力量。1953年5月15日，理县朴头乡一颗印村举办了一场文娱晚会。晚会即将开始的时候，"山上的少数兄弟民族们，打着火把，四面八方地向一颗印围拢来。"节目一个接着一个，歌声、掌声、欢呼声、锣鼓声，不绝于耳。"在大伙的热烈欢迎下，少数民族兄弟姐妹们给我们唱了他（她）们自己优美的歌子。大家更兴奋啦！都自动地唱起了《团结就是力量》。"

《岷江报》《筑路》报中涉及成阿公路的报道中，"兄弟民族"是特别频繁出现的词。换言之，"民族团结之路"是修筑公路者最意欲建构的意象之一。如下的一则小唱更是直抒胸臆：

成阿公路长又宽，

越过万水和千山，

红花开在绿叶上，

成都阿坝要相连。

十五月亮圆又圆，

高山寨子接平原，

藏族羌族和汉族，

弟兄携手齐向前。

……

下部 | 成阿公路篇

藏族羌族同胞们，

热烈支援和慰问，

团结犹如亲兄弟，

友爱好比一家人。

如果说民族团结是修筑成阿公路过程中的主旋律，那么修筑者尝试建构该公路的形象不止于此。比如将修筑公路隐喻为"翻身的利器"，修筑者创作的一则歌曲如是表述："千年的岩石翻了身，挡路的古树斩断根，锄头快快挖，铁锤用力打，我们的公路呀嗨！一直到阿坝。要把公路修得宽又平，汽车跑得稳，运进百货与机器，藏胞的生活得改善。"充满激情的歌词留下了时代的烙印，诸如"翻身""斩断根""锄头""铁锤"等包含革命气质的辞藻，将势不可挡的公路延伸与翻身做主人的藏族同胞连接在了一起。[①]

在藏族文化里，禄马（龙达）是藏族民间生活中使用较广的招福图，结构图正中为马，四角有虎、狮、鹏和龙四种图案。而藏族的历史纪年跟汉族相同，都采用十二种动物来纪年。这些动物里唯有龙不是人世间实有的动物，或者说龙是想象创造出来的。但当成阿公路作为新

---

① 王田：《建国初期成阿公路修筑与现代民族国家构建》，载《西南边疆民族研究》第25辑，社会科学文献出版社，2018。

生事物与先进技术的代表蜿蜒于白雪皑皑的山岭之间,翻越鹧鸪山,也让修筑者、当地群众不由自主地将之比喻为龙:

> 高高的鹧鸪山,
>
> 耸立在云间,
>
> 仰头也难望山顶,
>
> 飞雪六月天。
>
> 巍巍的鹧鸪山,
>
> 交通被它拦,
>
> 羊肠小道盘山转,
>
> 丛草铺满一山,
>
> 鹧鸪崖高坡又陡,
>
> 爬山真是难。
>
> 春雷震天响,
>
> 解放军来到鹧鸪山,
>
> 半山腰上搭帐篷,
>
> 战斗在云雾中,
>
> 就凭英雄两只手,
>
> 拿起了铁镐要把路修通。
>
> ……

看哪!

悬崖峭壁上显出平地,

鹧鸪山腰出现了路,

公路好似一条龙,

弯弯曲曲修上山,

我们是筑路英雄,

我们是开路先锋!

鹧鸪山位于四川理县、马尔康、红原三县交界处,主峰海拔4472米,是成阿公路全程中最高的山之一,修筑翻越鹧鸪山的几十公里盘山公路尤为艰辛,军工、民工、技术人员等为此付出了极大的牺牲与努力,最终实现了从羊肠小道到现代公路的转换。在这首诗歌中,龙的意象建构远非盘山公路的生动写照,也不仅仅是把神话中的龙嵌入现实世界里。诗歌将解放军表述为筑路英雄、开路先锋,也就是说,筑路者以超出常人的能力在川西北高原创造了这条巨龙,在这样的语境下,读者不难意会到龙所呈现出的现代国家的强大能量。[1]

---

[1] 王田:《建国初期成阿公路修筑与现代民族国家构建》,载《西南边疆民族研究》第25辑,社会科学文献出版社,2018年。

天路叙事——川藏公路、成阿公路筑路史

一首撼天动地的"工地歌"

靠一双手在石壁上抠出路来

每天早晨，石农裕眼前都会出现一个景致，有点儿像被狂风吹破的一顶帐篷，在不该漏光的地方，总是漏出不该呈现的天光与细节。这是一些早已经远去的细节了，失落在生活的某个角落，问题是这些细节怎么也忘不掉，它们嚣张地生长，并且在他眼前自说自话，成为他怎么也捕捉不到的对手。

生命的底牌就像一个哲学意义的断片，所有看不见的秘密都写在一片树叶的背面。但背面并不是对树叶正面的解读，树叶的背面倾心于个人，所以它们从不显山露水。

一棵树可以笼罩自己的影子之际，往往是阳光比较明亮的时候。

当阴影可以收纳一棵树的全部气息时,影子其实已经与时间达成了默契。

2020年5月13日下午,天气晴好,风和日丽。在《四川川交路桥有限责任公司志》主编邓天书的陪同下,我来到广汉市一小区拜访了百岁革命老人石农裕。

石农裕,又名石友文、固生、顾森等,1920年农历十一月十九日出生于灌县徐渡乡。在中学时期就积极投入抗日救国活动,带头反对反动军事教官,在进步学生中具有较高威信。1939年6月在灌县加入中共地下组织,采用文艺宣传等形式,动员民众有钱出钱、有力出力,团结抗战,并任党的群众组织《轻风社》社长,出版进步刊物《文艺堡垒》。在温江建国中学就读时,石农裕又参加抗日宣传队,出壁报、演话剧、教唱抗战歌曲。因参加地下党工作被学校开除后,他到重庆《新华日报》社,找到入党介绍人钟纪民,在中共中央南方局周恩来的领导下,以教师、书店店员以及《文艺阵地》和《国民

2020年5月13日,采访石农裕(蒋蓝/摄)

2020年5月，邓天书陪同作家蒋蓝看望石农裕夫妇（许甜甜/摄）

公报》校对、助理编辑等身份从事革命活动。他通过学友关系，与国民党高级军官的儿子相约去周公馆向中共中央南方局汇报国民党军队的情况。之后，他被派去看望患肺病的《新华日报》成都营业处主任顾造新并筹办文群出版社，不惜典当田地家产捐助革命。家里住灰屋种薄田，穷困不堪，且随时面临被抓捕的危险，他仍义无反顾坚持革命斗争，因此被当地人称为"石猴子"（孙悟空之意）。石农裕在《华西晚报》发表诗文揭露黑暗的旧社会，在农村联络地下党员和进步人士组织读书会、新民主主义研究会、解运会等，勇敢地进行迎接解放、减租退押和平息叛乱的斗争。中华人民共和国成立后，出任灌县徐渡乡人民政府第一任乡长。不久之后，为巩固新生的人民政权，保护百姓生命财产，人民军队要迅速消灭负隅顽抗的黑水匪军，急需打通成阿公路。他率民工参加筑路，担任川交二处前身——灌茂公路工程处民工大队长。在川交二处铺路架桥几十年，直到离休仍心系川交，情注路桥。①

采访时，石农裕刚刚午睡起来，精神矍铄。谈到成阿公路往事，他头往后仰，渐渐陷入了沉思，过了半分钟，他眼睛发亮："那时修成阿公路啊，就是靠一双手在悬崖石壁上抠出路来。锄头、扁担、钢钎和二锤，穿蓑衣、戴斗笠，风雨无阻，昼夜苦干，点松明脂，燃竹火把。由于寒冷，举火把的手冻僵了，半天放不下来，鼻涕流到嘴边也不知道。夜里拉石滚子压路，也仅用了几盏马灯照明，防止职工掉下山崖。同时要对付土匪侵袭，在住的帐篷里挖坑道铺木板，一旦土匪来，马上就转入地道准备战斗……"

汪泽贵的"百衲衣"

俗话说："强将手下无弱兵。"石农裕从灌县带来的几百名当地农民，以农民的质朴和勤恳忘我地投身于筑路，没有给家乡丢脸。汪泽贵就是其中一位。

---

① 参考内部资料《史志通讯》2010年9月30日第8期。

汪泽贵，1929年生于灌县徐渡乡，中国共产党党员。1950年到灌茂公路工程处参加工作，从工人做到工班长。1962年在二处四队时被评为四川省工业劳动模范。1964年从四队调十二队（女子工程队）任工区长。1965年调十一队任副队长主管生产，后改为四队、三营，分别担任副队长、副营长。1969年12月留渡口市（即攀枝花市）公路一处，1980年后任计划调度科科长。

在成阿公路工地上，汪泽贵有一件标志性的"百衲衣"。他上工地穿着补丁重重的外衣，里三层外三层，虽不平整，但洗得干干净净，结实耐用，被职工们戏称为"百衲衣"。在工地上，他见工人打炮眼累了，就顶上去，换下工人休息。他不仅锤打得实在，还打出"燕飞""龙腾"等花样。工人抬石头，他一个箭步上前，帮助坡下的乘一肩。砌堡坎，他双手把石头捧上去，不偏不倚，巴巴适适。总之，工地上的重体力活都难不倒他。

汪泽贵任队级干部后，仍保持工人本色。"文化大革命"初期，红卫兵在十字路口站岗，要求至少背三段毛主席语录才能通过，汪泽贵背诵如流。有一次，一个初中红卫兵叫他背《为人民服务》，他一字不错背下来。他参加工作前是文盲，参加工作后上工人夜校脱盲识字，能写简单书信，开会记时间、讲话人，然后简单记下会议要点，回队传达会议精神，会上讲的主要内容他都能表述出来。工人们说："你们莫小看穿百衲衣的汪营长，他的口才和记性无与伦比。"

318线上的海子山

在我采访石农裕时,他的思绪在漫长的公路上畅游,工友们那种鲜血凝结的友情让他眼含泪花。他印象里特别难忘的,还有海拔4700米的海子山。

1953年,成阿公路终于开通成都到理县一段。此前,从成都到汶川要花费2天时间才能到达。那时,一般的客车是烧煤的,叫"木炭车",由木炭燃烧后产生水煤气来驱动车子。路况不好,车况不佳,最高时速40公里已经让人感到"风驰电掣"。沿途人风趣地将它描

现在的四川省甘孜州巴塘县的海子山及无量河风景区鸟瞰图
(周治强/供图)

述为:"一去二三里,抛锚四五回,修理六七次,八九十人推。"途中,汽车还得乘船渡过岷江天堑。

阿坝州老交通人董如川回忆道:"1952年,我从成都出发,到都江堰后走小路、翻山,用了两三天的时间步行至汶川,然后爬过叠溪海子山到茂县。当时的海子山几乎是没有路的,只有很窄的小路在半山上,很多同志都是爬着走的,相当危险,不注意掉下山就完了。"

有很多道路施工的艰辛远非如今所能想象,可以举一个例子:现在的国道318线的一段,即从康定新都桥镇东俄洛村到巴塘县海子山道路(东巴公路)之间,水流湍急的雅砻江阻断了南北交通。雅江大桥建成之前,道路工人是采用钢索吊卡车过江,才解决了筑路的物资运输问题。值得一说的是,这也是新中国成立以来第一次采用钢索吊运汽车过江。

在胜利完成成阿公路建设后,1957年年底,川交工程二处奉四川省交通厅公路局指令,调甘孜藏族自治州负担从理塘大茅雅坝向巴塘方向前进100.6公里的修建任务。这是川交二处第一次进入理塘县海子山。

东巴公路(现为国道318线的一段)起于川藏公路的孔道东俄洛,经雅江、理塘、义敦等县到甘孜藏族自治州南部重镇巴塘。工程处吹响了打通理县至海子山的攻坚号角。这是一段219公里的公路,海子山上的红叶铺满全山,红得似火,但筑路人哪有心情去欣赏美景呢?

更为鲜艳的战旗还在工地上空猎猎招展。

四川西部叫海子山的地方有不少。这里提到的海子山,不是稻城那个只长石头不长草的石头山,而是在318线上的海子山。山势并不陡峭,从平地通达山顶的姐妹湖,大约有10公里上坡。

海子山上的昼夜温差极大。中午时分,太阳直射时气温可达30摄氏度以上,而早晚的气温却只有10摄氏度;遇到刮风下雨,气温会猛然降到0摄氏度以下。气温变化剧烈,天气更是变幻莫测、晴雨无常:刚刚还是红日高照的艳阳天,转瞬间便山阴林暗、狂风骤雨,令人猝不及防。

海子山有著名的"六回头",即6个回头弯,其实也不止6个弯道,就像"九道拐"也不止9个180°的弯道一样。石农裕所在的民工队屡立战功,趁着天气晴朗的良机,为赶工期加班加点,挑灯夜战。工人来回拉动石碾子,技术员董行健手持马灯在一旁照亮。因为道路很窄,而且路边就是断崖,一旦失足就有生命危险。不巧,突然冷风四起、雨雪纷飞,大家热火朝天,仍然坚持赶工。等到一截路面碾压夯实了,在一旁指挥的石农裕扭头才发现,技术员董行健身姿有些怪异,他赶紧冲上去扶。原来,技术员董行健手举马灯时间太久了,他的手臂竟然失去了知觉,怎么也放不下来了!大家开始搓揉他的手臂,十几分钟后有知觉了,手臂才能放下。

他们栉风沐雨,兑现了"叫海子山低头,叫无量河让路"的誓言。

川交二处党委书记王国才把写有"英雄踏平海子山，劳动改造大自然"的红旗赠授给石农裕。

所谓"艰苦不怕吃苦，缺氧从不缺精神"，在石农裕看来，这就是成阿公路建设者的精神。人们常说雪山能净化人的心灵，他们在施工中感到，没有什么比坚强的意志更能净化人的心灵。在雪域高原独守寂寞，他们所表现出来的坚定与执着，与鹰翅一道，飘荡在绝顶之上。战胜寂寞说起来容易，做起来难，筑路者把锅瓢碗盏当成乐器，实在太累了就高唱一首工地歌曲，施工现场成了开心的舞台。工余饭后，筑路者用这种最原始的方式寻找快乐。

石农裕与当时担任教导员的杨居瀛和指导员贾根录、毛开运等人，都曾是一起持枪荷锄的老战友，他们也成为川交二处1950年以来的历史见证人。

如今成都去阿坝州南线景区的道路，必经理县和海子山，汽车一般都会在山下停留休息，就可以一览海子的碧绿奇景。筑路人回忆起，那里的海子特产一种无鳞白鱼，尽管海子里的水很冷，浮游生物也极少，可这种鱼却生长旺盛，数量极多；而且据当地村民说，最大的鱼竟长达1米。生命终究是顽强的，当地的藏民也是如此，他们并没有向大地震和命运屈服，只是换了一种方式继续生活着。人们不应该忘记，70年前四川筑路人在此默默浇灌的鲜血和汗水。

成阿公路建成后，石农裕又参加了沐石公路、宜西公路、道孚县矿区公路、刷丹公路等建设。

他的一生，就是一块铺路石的一生。

而成阿公路上，像石农裕这样的奉献者，留下了"愿做铺路人，甘当铺路石"的豪迈言语。

石农裕叙说的这一番话，让笔者联想起川交二处一支队一大队二中队队医闵素华的回忆，他也参与了成阿公路、道孚县矿区公路等工程的建设。道孚县是甘孜州北路第一县，是通往西藏的重要门户，具有极其重要的战略地位，全县平均海拔在3000米以上。道孚县矿产资源品种之多，是不多见的。民国二十七年，李承三、袁见齐、郭命智等地矿学家对这一带（如莱子沟）进行过勘探。1956年后，国家决定充分利用这一优势，积极开发，规划了一条道孚县通往莱子沟磁铁矿十几公里的矿山公路。

这里旱季狂风大作、漫天尘土飞扬；雨季塌方不断，刚刚开挖出来的道路很快就被塌方覆盖了……当时有些工棚搭建在原始森林里，一入十月份后气候奇冷，加上地面泛起的水汽浓重，大家露在被子外面的脑袋冷得发木，很多人耳朵被冻伤了，风寒、感冒几乎每天都在发生。极寒条件下，说在户外撒泡尿都能瞬间变成一根竖立的冰棍可能有些夸张，但早上醒来时会发现，所谓"呵气成冰"完全是真实的。因为呼出的气流聚为一团，人的胡子与被子口冻在一起，简直无法分开；桌子上的搪瓷茶杯与桌面冻结为一体，不撬打半天就挪不开半分……

红军出身、时任四川省公路局副局长的谷德寿率领慰问团来到工地，看到这些情况，再看着工人们长冻疮的、开裂的手，慰问团的同志们流下了热泪……

道孚县的森林里野兽极多，修路开山放炮，野兽纷纷逃往更深的大山。但还是有意外情况发生。当时工棚里夜间不得不烧木头取暖。在一个冷到零下40摄氏度的深夜，大家睡得昏昏沉沉、朦朦胧胧的，听到火堆旁有响动，谁也没有力气起身去打量究竟。翌日一早，才闻到一股强烈的野兽气味。根据留下的痕迹来看，昨晚来了一头大黑熊，悄悄躺在火堆旁取暖。大家惊出一身冷汗，工人们赶紧加固工棚漏风的墙壁。

正是经历过这些滴水成冰的艰苦磨砺，石农裕说："我姓石，我以为人生的意义就在于充当社会发展路上一块合格的铺路石。说实话，我们干活时腰杆都很少伸一下，也没有什么休息日，抽烟叭两口就算了。每次工程评比都是优胜。"

离开石农裕没有电梯的家，我一直在想，这位百岁老人步履蹒跚，平时肯定没法出门散步了。他一生走了太多的路、建了太多的路，直到59岁才结婚。

从无路到小路，从小路到大路，从大路通达天际……但到达宽广的天际之处，一个筑路者可能会洗去一身征尘，再寻找一条回到宁静的秘径。而筑路者和一般人的人生，很可能是朝向相反的方向！

因为只有抵达大路天际的筑路者，才会从路中择路，渴望回到自己的生活当中。而从一条小道秘径出发的普通人，总是渴望人生越走越宽广，他们只能用宏大的叙事方式思考问题，那种宏大可能使路失去方向。筑路者不喜欢过于遥远、缥缈的事。

无论是筑路还是人生，一般都是从小径走向宽广，走向博大，然后蓦然回首，找到自己出发的那条路。

在成阿公路开通之前，山里的老百姓与外界是鲜有联系的。正是筑路人奋力探索着未被开辟的荒野，一条人间天路所昭示出的光与热，就是最实在的"文明启示录"。

在筑路人的灵魂深处，没有什么高深的言辞，只有一种让灵魂自身与道路一同生长、延伸的道德准则，灵魂遵循着开放之路的化身奥秘，过着自己的生活。

"老母孔"的故事

2019年国庆期间，阿坝州电视台推出了《新中国·难忘的岁月》系列访谈节目，其中一集是采访曾经担任过阿坝州副州长的苏新。

苏新于1919年4月21日出生于茂县石大关乡巴珠村的一个贫苦农民家庭。1933年，家乡遭受地震和震后水灾，租种土地被冲毁。他和母亲逃荒到本乡桃花寨，仍靠租种土地和帮人为生。1935年成为红军的一员。他先后担任成阿公路筑路指挥部副总指挥、茂县军分区副司令员、成都警备区副司令员等，他全程参与了成阿公路建设。这次他讲述攻克"老母孔"的故事，让人感动不已。

怎么会有这么一个奇怪的名字呢？苏新说，这是成阿公路出灌县后遭遇的第一个坚硬山石的盘山道，他们在老百姓口语中得知了地名，所以把这一带的路和隧道也叫"老母孔"。

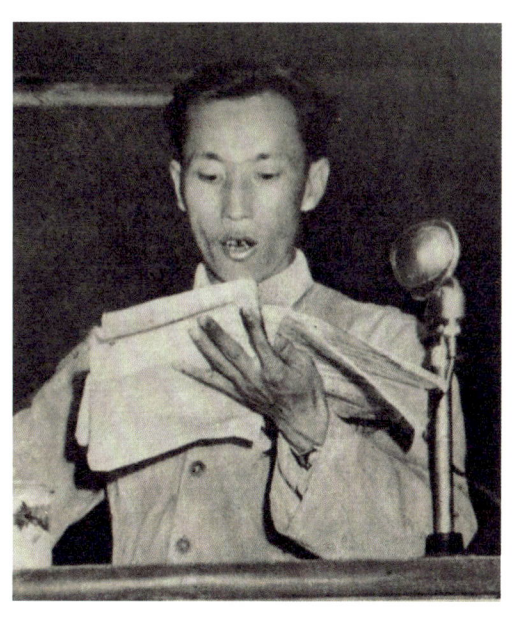

1958年在汶川羌族自治县成立大会上苏新县长讲话（原载2019年汶川县文联编印本《一九五八的羌族》）

其实，"老母孔"是都江堰自古就有的地名，位于都江堰九顶山大半山腰。本地的说法是，老母孔就是中国古代神话里的西王母穴，与这里相呼应的还有素女洞之类。这一带除与西王母有关外，并有赵公山是古代昆仑山，黄帝曾来青城山取经，古蜀先民四五千年之前从湔江走出汶山等说法。从地名来说，有许多互为联系、佐证的例子。这些说法当然有一定的历史依据，但毕竟材料太少了。研究者还把《山海经》作为例子，解读出类似观点，当然多半是"美丽的误会"，但也并非全然虚构。

在古蜀玉器上刻有蜀女头戴虎帽的造型，正合"戴胜""豹尾"的"西王国"母系氏族女人形象。四川境内发掘多件有西王母形象的陶砖，这说明华夏先祖显妣对后世的影响力是深远而巨大的。《大荒西经》载有"王母之穴"在古"昆仑"之上："西海之南，有大山名昆仑之丘。穴处，曰西王母。"在今青城赵公山（汶山）确有"西王母"的溶洞——圣母洞。《太平寰宇记》中记载："永康军青城县，圣母山在县西，高三千丈，周围三十里，南有深洞。"在八大洞——"老母山"，有"兹茂洞"。"兹茂"在古羌语中意思为"老祖母"之意，故此洞俗称"老母孔"。

苏新在访谈里特别强调，当时修路，连最基本的钢钎、镐头也找

1909年，灵岩寺黑风洞（恩斯特·柏石曼／摄）

不到地方可买。而面对灵岩山整块整块的顽岩，手工开凿进度实在太慢了。而有些建设物资军队可以得到特供，但地方却无权问津。比如当时的特殊规定是，除了军事目的——全力支援抗美援朝，所有民用工地施工一律不准使用黄色炸药。真可谓是有力气找不到地方使，这是修建成阿公路与成渝铁路最大的不同之处。筑路工程处只好在灵岩山上设法办了一家土炸药厂。苏新等干部不得不白天黑夜在此守候，一是出于安全监督，二是防止火药流失出去。

筑路人桑利水回忆说：

> 我作为连部文书除负责对炊事班日常政治思想教育工作外，还负责锻工修配组、工程技术指导组人员的经常性检查督导。每周六下午，我都要开会讲评工作情况，为防爆破器材万一出现不测事件，每天早饭后各班领取火药、导火线我也一定要到现场监管。由于我生性开朗爱说爱动，经常深入筑路工地参加劳动，并以此为荣。又因为我对筑路工地现场情况熟悉，当时任一排排长的宋天祥奉调铁道兵赴朝，职位空缺，领导便让我临时代任排长。期间任务提前完成，质量优良。故1952年3月部队评定级别时，我被正式晋升为正排级干部。①

---

① 桑利水：《修筑灌茂公路的山西人》，《山西老年》2005年9期。

20世纪90年代,雪景中的"好人石"(王国平/供图)

由于黑色火药爆炸力不够,只能是炸掉一点掏一点。正是在如此条件之下,民工们费了很大力气,蚂蚁啃骨头,经过两个多月才终于把"老母孔"一线的盘山道以及隧洞开掘出来。苏新特别提到,当把成阿公路推进到飞沙关,修建隧道进行爆破时,由于对爆破开山的问题估计不足,一块飞石把在附近调查的汶川县人民政府第一任县长李安逸击中,其当场牺牲。

成阿公路上的第一个隧洞老母孔被征服了,这条路也成为通往二王庙、龙池及虹口等景区的唯一通道。讲述起这些往事,苏新不禁老泪纵横……

根据都江堰市作家协会主席王国平为我提供的田野考察材料，"老母孔"紧靠原灌县东风水泥厂（现已拆除），刚进龙池境内，属九顶山系。以前岷江木材水运局根据岷江水系高山峡谷落差大、水流急、高变幅、弯道滩多等特点，择优布局选修了多处"羊圈"收漂工程，"老母孔"是其中一处。漂流下来的木头，在此"起漂"，然后用筏子顺江而下，再送往成都，此地后来成为一个木材市场。

没有黄色药，没有开山机

山西人桑利水回忆灌茂公路道："第一段工程至 1951 年 7 月上旬完工后，我们三连又移至汶川县漩口镇以西 6 公里处的马家村，开始了新的筑路工程。我们第二阶段的工程以土方为主，地形较平坦，坡度较第一阶段的工程小得多，约半年多施工任务完成后，三连于 1952 年 3 月初返回灌县城内，直到 4 月底奉命复员，大批干部战士转业至灌茂工程处工作，剩下的近百名连级干部调回成都集训……58 年前修筑灌茂公路的川西军区，团连队基层干部 100 余人大部分是山西籍人，其西南军大川西分校原为十八兵团随营学校，1948 年 10 月组建于山西省太谷县铭贤中学（今山西农业大学）。山西人为支援大西南地区的公路建设付出鲜血和汗水,他们将被人们永远铭记。"①

1950年开工的灌茂公路,到1952年已经开始由汶川县向理县推进,山势变得更为陡峭。悬崖打炮眼不是一般人能够胜任的。挑选出来的青年人身手敏捷,胆大心细,体力出众。他们腰挂保险绳,在近乎垂直的悬崖绝壁上一蹬一飞,真所谓"身挂悬崖打炮眼,脚踩云梯心也慌"。钢钎、二锤,成了打炮眼的仅有工具。当初爆破使用的是黑色火药,还是由工程处设立在灌县后山坡上一个凹地里的材料厂生产的。炸下的岩石用撬杠、抬杠、土箕、扁担来清除。大岩石用撬杠撬开,余下的碎渣即装入撮箕用扁担挑出去,清理干净后,现出路基……就这样日复一日地进行,当时看到的是人头攒动的工地,听到的是榔头敲打钢钎叮当的响声,以及开山炸石轰隆的爆炸声,撬石抬石的吆喝声……

当时在成阿公路的建设工地上,一曲粗犷高昂的歌曲广为流传,就叫《没有黄色药,没有开山机》。黄色药即是硝铵炸药(TNT),开山机当时指风钻、风镐等。

没有黄色药,

没有开山机,

---

① 桑利水:《修筑灌茂公路的山西人》,《山西老年》2009年5期。

> 我们的公路修得真美丽，
>
> 修得真美丽呀！
>
> 修得真美丽，
>
> 灌茂公路修得真美丽。

这是一首撼天动地的"工地歌"，歌词简洁、旋律铿锵有力，唱响了沿线几个工地。当原工地完工，搬迁到新工地，工人立即为歌曲冠上新工程的名称，比如将原"灌茂公路"一词换上新的，如成阿公路、沐石公路等。

这首歌曲出自马光强之手，他当时是灌茂公路工程处二支队一大队九中队的工作员。他平素喜欢音乐，工余时可以吹口琴、拉二胡，算是工地上少有的通才。当时工程处为工人发放的胶鞋，简直无法抵挡锋利岩石的磨损，不少工人爱惜鞋子，就赤足上工地。现在看来的确不妥，但在特定历史条件下，

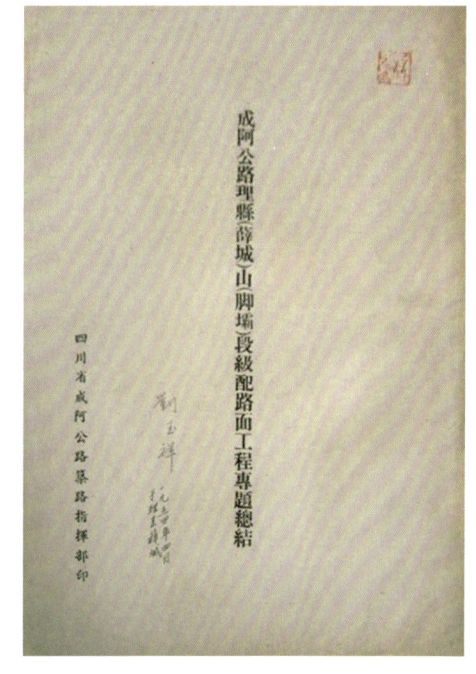

《成阿公路理县（薛城）山（脚坝）段级配路面工程专题总结》

大家也默认了这样的做法。看见工人们都是"赤足大仙",马光强也就不穿鞋子了。一天他到工地上,大家问他:"马工作员,你为啥子不穿鞋呢?"他说:"赤脚凉爽些。"接着他又笑着补充道,"我穿上鞋与大家不一样了,能合在一起吗?"

他每天到工地上耳闻目睹施工现状,很为那种奋进的精神所感动,终于创作出这首小歌,经反复试唱后,他先在四中队教大家唱,不久传到其他队,大家都很喜欢,于是小歌传遍整个工地。

看来,枯燥的筑路过程中,在砂石、火药、钢钎之外,文化恰恰在艰辛的劳动中应运而生!鲁迅先生在《门外文谈》中写道:"我们的祖先的原始人,原是连话也不会说的,为了共同劳作,必需发表意见,才渐渐的练出复杂的声音来,假如那时大家抬木头,都觉得吃力了,却想不到发表,其中有一个叫道'杭育杭育',那么,这就是创作;大家也要佩服,应用的,这就等于出版;倘若用什么记号留存了下来,这就是文学;他当然就是作家,也是文学家,是'杭育杭育派'。"

筑路者就是最为坚实的"杭育杭育派"。

蜀汉三国时期,姜维入平康(今黑水县境)系沿杂谷脑河而上,越朴头山由旧时理番县入黑水大道马场沟而入平康,山道因此而开。在朴头姜维故道傍山崖上,有隋开皇九年(589年)会州刺史姜项达重治旧道的《通蜀记》碑文一通,起首便是"自蜀相姜维尝于此行,迩来三百余年",但年久失修"猿怯高拔、鸟嗟地险,公私往还,并由山上，人疲马乏，筋力顿尽"，因此姜项达"悯人生之苦，报委寄之天恩，差发丁夫，遂治旧道"。古道至20世纪50年代初期仍在使用。来到历史故地，筑路者来不及感叹历史的沧桑，因为他们遭遇到前所未有的拦路虎。

公路沿着杂谷脑河畔逆水而上，顽强推进。两岸山势险峻，山深林密。

"杂谷脑"是古藏语"扎西郎"的口语记音，含有"吉祥之地"的意思，系岷江上游的一级支流，发源于鹧鸪山，流经米亚罗、沙坝、朴头、理县、薛城等地，于汶川县汇入岷江。流域面积4632平方千米，干流河道长168千米，天然落差约3092米，平均比降18‰。其河道狭窄，水流湍急，水力资源十分丰富。《理番厅志》记载，杂谷脑名存于七个朝代，三国时蜀将姜维曾在此屯兵筑城。杂谷脑原属苍旺土司管辖，清雍正年间曾在此置杂谷脑直隶厅，1752年乾隆皇帝灭苍旺土司，改土归流置五屯，其地乃为杂谷脑屯。到了1952年，杂谷脑建镇，为川西北交通要塞和商贸集散市场之一。

> 溪静柳风流，云行山窈窕。
> 微风三更歇，明月半楼照。
> 身闲觉酒清，心定闻香妙。
> 破梦鼓钟声，林际梵僧庙。

这首出自清代官吏陈克绳之手的五律《宿杂谷脑》，呈现出一派风和月明之象，似乎也暗合了杂谷脑镇的静谧气质。

陈克绳，字希范，浙江归安（今吴兴）人，清雍正七年（1729年）举人，乾隆二年（1737年）进士。陈克绳在川为官有记载可查的时间为十多年，其中主要在川西北地区，所著《西域遗闻》尤其珍贵。

1917年至1919年间，美国摄影师甘博深入到理县的杂谷脑一带，拍摄了大量当地百姓的生活照片。在这些照片里有一幅《过河的男子》的照片，展示了一位中年山民攀着绳索过河的场面，这种情况下有多危险不必多说，稍有不慎就可能坠入湍急的河水，胆子小的人、臂力不足的人，根本不敢问津——由此可见行路的艰辛。

而在杂谷脑河畔，四处都能看见满山遍野的野百合花和杜鹃花，犹如情窦初开的少女。但筑路大军没有心情欣赏美景，他们遇到的拦路虎在美丽的杂谷脑河畔露出了狰狞的面目。

当时工程处没有先进的施工爆破手段，但大家仍能群策群力地开动脑筋。黑色火药在用量不大时威力不大，以常见的爆炸性能指标来说，爆速在几百米每秒，太低达不到黑火药中的音速，以至于不能称之为"爆轰"，只能称为"爆炸"。当时在一大队三中队工地上，就进行了一次采用黑色火药的大型爆破，这在工地上称为"放大炮"。

一个名叫龙凤坪的悬崖，是一座高60多米、宽50多米，由坚硬岩石组成的峭壁，工程队必须在那里打出高几米的路基。如果一点一点地按常规开挖，不知要到何年何月才能完成，但工期只有半年了，1953年年底必须完成，可当时又无先例与现成的经验可借鉴。几个有经验的工人仔细观察岩石的纹理结构，研究可行性后，在距离地面高约5米处的岩壁侧面，花了近两月的功夫，开凿出一个高与宽不足15米、深约10米的平洞，装上数百公斤的黑色火药。一切准备就绪，伴随"轰隆"的一声闷响，山摇地动，爆破成功了，从40多米高处，炸下岩石数千立方米。由于坡度陡峭，大部分岩石都滚到杂谷脑河中。工人清除余下部分，路基的雏形呈现出来。

这次爆破的主要策划者、参与者、操作者，是其貌不扬、个子不高的李兴志。据说他一年前，曾在修建成渝铁路时参加过百家林隧道的开凿，具有爆破经验。

尽管当时各方面设施十分有限，但安全工作仍得到重视，凡是在高岩处施工，都必须每日检查保险绳（安全绳）与系绳施桩是否牢固，并派出一名工人作安全哨，工地上戏称其为"望山猴"，每人发一只口哨、一面小红旗，当发现有落石立即吹响口哨；发现松动现象，连续紧急吹哨，叫大家离开。

工地遇有受伤者，大家都奋力抢救，责无旁贷。在采访中，老人们回忆起一大队女卫生员谢道芬，她是从部队转业到工程处的医务人员。一次，悬崖上出现垮塌事故，她登上悬崖，竟然自己吊着保险绳，将一百多斤重的伤员从20多米高的岩上背下来！至今仍让人觉得有点不可思议。正是依靠筑路的热情与极限体力的付出,一直到龙凤坪工地完工,也没有出现过大的工伤事故。[①]

就是在"没有黄色药,没有开山机"的前提下,成阿公路一寸一寸向前推进,公路与河道相互缠绕,呵护着雄奇山水的大美。我曾经好几次站在杂谷脑河边,发现河道变窄、河床变低了,这是由于山体滑坡,引起山石堆积在河中,使得河水不再咆哮,就像小溪中的水轻轻流过,诉说着并不遥远的故事……

汶川县雁门关,成阿公路从劈开的峡口穿过(蒋蓝/摄)

---

① 参考内部资料《史志通讯》2015年6月第64期。

3辆国产解放牌汽车行进在新建公路上，第1辆为客车，车身上拉有"成阿公路全县通车""共荣经济"等字幅（原载2019年汶川县文联编印本《一九五八的羌族》）

尽管天气的剧变改变着高原山谷的面貌，但其永远是柔和平静的，不会使人产生幻灭感。就如同一条道路不断把希望延伸着，一往无前。雷雨云会把草地染成紫色，使得坡地变得黝黑，但是它们不能打破山脊线的沉稳和恬静。雨水给草甸披上轻纱，增加了一层柔美，山岚薄雾使刚刚铺就的道路宛如进入梦境的桃花源之径。即使在雪夜，道路如一根木工墨斗里拉出的黑线，稳定着大山的立场。

天路叙事——川藏公路、成阿公路筑路史

一位随队医生的回忆

闵素华于1931年腊月初七出生于新都县华严乡五家碾村，1950年加入中国人民解放军，在军队卫校学习。1951年初，闵素华随驻扎在四川省新都县西门外原西南军政大学川西分校7个队近一千名学员，奉命改编为"川西军区教导一团"，执行史无前例的修筑灌茂公路任务。他背上红十字箱，奔波在成阿路建设工地。1952年下半年，闵素华转业，部队与地方进行甄别，选择懂工程、财会、医药、测量等拥有一技之长的青年，到1950年10月23日成立的灌茂工程处继续筑路，并分配到石农裕为大队长的二大队卫生所担任医生。当时筑路队伍也和部队一样，学习"苏式"五级制管理模式：公路工程处、支队、大队、中队、分队。当时工程处的人员构成比较复杂，包括教导一团军工、旧军官以及灌县组织的3个民工大队，以及后来招收的3000多名成都市失业人员。

2020年5月13日下午,我来到青白江区某小区里,见到了眼睛灰蒙蒙的闵素华先生。在光线昏暗的底楼客厅,他戴着一顶便帽,坐在沙发上一动不动,一眼看去,像个雕塑。他是一个经历曲折、阅历丰富的人,具有一张可以让人们反反复复琢磨的面庞,一望而不知水深。这就像一滴墨

2019年6月采访闵素华先生（蒋蓝/摄）

水在宣纸上不断扩散,它没有终止自己的意思。这样的脸庞动摇着我,让我开始怀疑自己的过往,包括那些得到的与失去的,可能都是幻觉。

闵素华寻着说话的声音侧脸端详着我们。其实他看不清我,他的眼睛经过几次手术后,近乎失明了。但他耳朵极灵,明白了我此行采访的目的。

他挥了挥手,说:"那就摆几个龙门阵,都是我亲身经历的筑路往事……唉,如今我眼睛看不见什么了,书是早就不读了。但听风、听雨、听电视里的读书声,也还可以知道世界的变化。"

闵素华说完,低头陷入了对往事的沉思。他的这一席话,不禁让我想起宋朝蒋捷的《虞美人》:"少年听雨歌楼上,红烛昏罗帐。壮年听雨客舟中,江阔云低,断雁叫西风。而今听雨僧庐下,鬓已星星

也。悲欢离合总无情，一任阶前点滴到天明。"这是人生的三种况味，到了这个寂然之境，能够听懂"一任阶前点滴到天明"，也很不容易。

漩口镇的马陆虫

那时，在闵素华眼里，都江堰以上的茫茫岷山，藏匿着一个奇特而全然陌生的世界。因为他在此之前从没有涉足于此。

1951年开始，闵素华与教导一团卫生队过了都江堰索桥，经猴子坡、麻溪、漩口，宿营在岷江河滩上的一家梨园之中。那里竟然有一栋漂亮的小洋房，那本是一户大资本家的别墅，如今人去楼空，由地方农协会代管。大家在封存的库房找出了一大堆罐头，他平生第一次"开洋荤"，尝到了美国的番茄、牛肉罐头。

漩口镇是大镇，此地因两水汇合形成漩流，故名。此地为成都平原进入阿坝州交通的孔道。闵素华一行过白岩村，沿途可见参天大树和成片楠竹林，好多都被前两天的一场狂风吹断。山阴处十分潮湿，遍地都是马陆虫。其又名千足虫，是一种靠食用腐殖质为生的生物，种类极多，常见于温湿地带，冬季在土壤中冬眠，随着气温升高便会从土壤中爬出。因正值春夏交替季节，绿化植被较好的地带，早晨时段就会偶尔见到这种虫子爬出。漩口镇分布的这种虫，类似草鞋虫，有指头粗，四五寸长，每走一步，可能都要踩上一只，嘎吱嘎吱响，

2020年5月13日,邓天书陪同本书作者看望闵素华

心头怪腻味的。至今在都江堰王婆岩、赵公山、普照寺、青峰山等地,马陆虫都很常见。遇到攻击,马陆虫并不咬噬,多将身体蜷曲,头卷在里面,外骨骼在外侧;其许多种具有侧腺,可分泌一种刺激性的毒液或毒气以防御敌害。

岷江的一条支流黑石江(又名皂江)在此合流,水从沟中流出。桥头有两根木柱,横木上钉有一条木板,书"清白江"。成阿公路沿岷江而上,紧贴着岷江边上的崖壁而进。当年杜甫经过漩口镇的时候,写有《西山三首》,其中有"子弟犹深入,关城未解围,蚕崖铁马瘦,灌口米船稀"的诗句。蚕崖关就在漩口,其处江山险绝,凿崖通道,有如蚕食,故名。其在唐代为松州(今松潘县)、茂州(今茂县)连接成都的交通要冲，一直是扼西山（即岷山）粮运进出之口。

闵素华很留意公路修筑的每一地的人文历史，他回忆说，旧时为无数过客留下无比深刻印象的、刻着"关塞极天"几个大字的龙洞子绝壁，后来已被淹没于紫坪铺水库的水下了。聚源镇曾经设立的"博马场"早已经不知所踪。被马帮背夫视为畏途、上山下山各15里的娘子岭也唯有"银台积雪"的碑文，诉说着古道沧桑……公路在漩口72公里处进入阿坝州汶川县界。

尽管很疲劳，闵素华晚上似乎总是睡不踏实。打鸣的公鸡会唤醒工人们。先是一种声音，停顿一下，又是另外的很多蛮声，就会打破黑夜的寂静。工棚里昏暗的篝火晃动着，似乎点燃了山巅处尚未冒起来的晨曦。是的，新的一天开始了。

飞石当头

在成阿公路汶川县映秀湾一带施工时，闵素华遭遇了几次难以忘怀的事件。

一是"推山"。何谓"推山"呢？一般而言，坡度大于10度、小于45度，下陡中缓上陡、上部成环状的坡形往往是产生滑坡的地形，这就是俗称的"推山"。而在高寒地区，"推山"往往伴有"推山雪"。这是由于植被不能负载更重的雪等物体，在冬春季节积雪较厚或积雪融化时，于山体陡峭的山区发生的山体滑坡，推山雪经常发生在植被相对稀少的阳坡。

一天，闵素华背着红十字包坐在山坡上，忽见前面施工切断面的上方，成片森林颤动着向下滑动，紧接着半山露出一个百米长的赭黄色裸岩！

他大惊，大声吼起来："山崩了，快跑！"

下面正在悬崖上施工的打钎工人，以及下面挑石头的学员，大致也听到滚石及山崩的声音，那简直是大地在咆哮，是整座山在往下滑啊。山体到底后因撞击发出轰然震响，大地剧烈颤抖……

幸好下面开挖的断面不长，并有一片开阔地，工人们及时撤离了，没有造成人员伤亡。

二是遭遇飞石。在映秀镇的黄家村一带施工时，闵素华得知，相传这一带就是后蜀花蕊夫人的故里，历史名地银台观、娘子岭等遗留至今，银台观后有"三神泉"遗迹，三眼神泉旁有石碑镌刻一首诗："银台三神泉，泉深三尺三。装又装不满，取也取不完。饮了泉中水，永远得平安。"出于好奇，路过的不少筑路民工都捧水喝了几口。此地垭口海拔1530米，曾经是松茂古道上的一个重要驿站，而娘子岭又是松茂古道出灌县要翻越的第一个难关。闵素华来到破败的银台观山门，看到匾上书"娘子岭"三个大字。灌县以前有一种民间说法叫"翻娘子岭"，意思是说一个人正处于最困难的时期。原来的娘子岭上山下山沿途都有小饭馆、小旅社，为过往的马帮、背夫服务。老话说"娘子岭上的米汤都要卖钱"，可见昔日的娘子岭还是比较有人气的。待成阿公路修通后，娘子岭以及松茂古道就逐渐冷清了。

岷江东岸从北到南依次排列着老街村、枫香树村、黄家村、黄家院村。这一边也是龙门山脉的一部分，山体一直延伸到江边，留给人们耕种的土地不多，公路只能紧靠岩壁施工。

黄家村是一个高山山寨，要将这里的山坡揭去一层"盖山层"，必须放炮开石。接近年底了，切岩已到路基面，由于这一带山岩是原形岩层，山石是一个大整体，无破裂堆垒，对路内侧岩体、爆破、切割，简直是直线，与路面成90度直角。内水沟乃直挖进去，这样省工省时。路面当初开工，半坡修有一条便道，已在路面内壁几米、十几米的崖头上。

喜欢走捷径，几乎是人们共同的天性。加上下半年秋冬时节白天短，一抢工时，二少负重，工人们还是走便道。路到尽头不通，人们就想了个窍门，在崖头找了个盘根错节的老树桩，拴牢一条大麻绳，拖到崖底，人们手抓着大绳，足蹬着崖壁，三下两下，就坠到路面了。每天学员出工，闵素华处理完病号后，就背着十字箱，从悬崖坠绳到工地去。事非一日，习以为常。

有一天，闵素华刚抓着绳子下了两步，突然山上噼噼啪啪滚下来大大小小的石块撞击在崖壁上，从闵素华头上飞出。当此既不能跑，也不能跳,他下意识地一手抓紧绳子,一手抓着嶙岣岩壁,把身子紧贴在凹陷的岩壁里,听天由命……

闵素华对我讲述的这段往事,他在一篇回忆文章里写出了自己的心情,当时"唯寄希望于一个理念,读物理学知道:物体从斜面下坠受阻,必然弹跳起,以抛物弧线飞出。我躲在撞击点下的夹角,石头打不着,因此并不惊恐忙乱。大约半分钟工夫,大大小小的石块,远近疏乱,撒满了山下半条路面。我入山久了,听老乡说起过这种现象:山上的野生动物,多系山羊、岩羊,它们喜于站在崖头觅吃石斛,一旦踩落松悬的石头,石头下坠中又与别的石头击撞,连锁反应,就轰轰隆隆滚落下一连串石块。见石头不再跌落,我急速坠绳到底,跑离悬崖后,心还怦怦狂跳,感到一阵后怕。万一哪一块石头碰巧就砸在绳子崖头下坠的那个点的石棱子上,硬碰硬,加上滚石加速力打击,这根麻绳就会迎刃而断,人将被从两层楼高空直摔到乱石磋砑的路基上,哪还有生还的希望。这个念头瞬间过去……"[①]

而让闵素华终生难忘的,却是一次放炮的意外事件。

就在闵素华刚刚逃离头顶飞石的劫难,惊魂未定之际,突然看见一排长正在往前跑。这个塞北大汉在张家口拉过骆驼,颈上留有一片曾被骆驼咬过的伤疤。一排长忠实而勤勉,从他的行动中,闵素华就

[①] 参考内部资料《史志通讯》2015年4月8日第60期。

知道前面工地上出事了，多半有伤员！

他也跟着跑，由于怕把皮包中的注射器颠簸烂了，他跑的速度不能快。忽然，前面十几米远的地面上冒起了一股白烟，糟了！这是为平整路面的"扫地炮"即将起爆的预兆。根本来不及逃跑，因为跑也跑不出喷飞石块的范围，只能下意识地趋前两步俯伏卧倒在凹地。

置身于炮爆、石头飞起的夹角之下，只听"砰"的一声，一个炮爆了，瞬间沙石漫天，撒了闵素华一身。这一带靠近山谷平原，是岷江江流冲刷过的地带，石质均有些沙化。爆炸的石梁子又不大，估计"扫地炮"最多二十多厘米，装药量小，所以只发出一声"屁响"就完了。

当闵素华起身一面抖落尘土，一面再抬头向前张望，一排长已跑出500米远了，他也继续往前跑。跑着跑着，突然见一排长向前跌倒。他也许是心急没有顾到足下，被石块绊了一下，但没见他爬起来。

闵素华跑到他身边，却怎么也喊不应一排长了。他躬身把一排长翻过来，看到在他鼻子根部，钉入了一块细尖的石碴子，拔出来一看，长约7厘米。闵素华是医生，知道这是头面部的"危险三角区"，后面是筛骨，薄如草纸，因这片骨多孔，是头面很多神经血管的"配电板"。它后面是脑垂体，生命中枢。翻开一排长的眼帘，他瞳孔散大，嘴唇发白，已断气了。

小小一个"扫地炮"，轰起的石子竟然飞出百十米远，夺走了一条生命。闵素华不能不正视命运的残酷。

学员们赶过来,把一排长抬回去,举行了简朴而隆重的追悼会。他们在老乡家里找来几块木板,立即钉成了一副棺材,将其安葬在山湾路旁。一排长永远在此守护着这条新生的光明大道。

　　闵素华讲到此,声音哽咽,流下了两行热泪:"当时部队一般都称呼职务,因此我不知道一排长的名字,我们就此失去了一个多么好的人啊。我知道阿坝州理县的烈士陵园里,建有一座'四川省成阿公路修建纪念塔',但愿在那里可以找到一排长的名字……"

雁门关下磨刀溪

飞沙关隧道

汶川县城威州到映秀，长约50公里，沿线分布着板桥关、飞沙关、镇银关、彻底关、桃关、玉垒关等18个古代的重要关隘。其中飞沙关、板桥关等是汶川到都江堰道路的著名关口，也是成阿公路的瓶颈。

18个古道关口中，以飞沙关名头最响。飞沙关又名风头关，

亨利·威尔逊镜头下的汶川县城

是董湘琴《松游小唱》中所述"三垴九坪十八关，一锣一鼓上松潘"中的"十八关"之一，地处汶川县绵虒镇高店村。有传说也利用杨贵妃附会了本地美女①，因为这一带有"羊店一地出美女"的说法，遂有"威州包子板桥面，要找美女到羊店"的俗谚。但在美女传说之外，关口何至于飞沙？

晚清四川总督丁宝桢曾经巡边到此，遭遇飞沙，轿顶竟然被掀翻。他想起了一首与杨贵妃有关的诗："巍巍高岭挂斜晖，渊下何年浴贵妃……回首秦陵遗事在，可怜风扑乱沙飞。"丁宝桢认为贵妃阴魂不散，便到山中察看。看到山中有一庙，就下令当即拆除。这样的附会不免怪力乱神，人们是在百余年后才认识到此地的一个独特气象：此地地处高原峡谷，阳光辐射强烈。一夜寒冻的河谷空气，第二天一到太阳当空时，岩层和地面便如着火一般，空气被迅速加热。接近中午之时，来自北方的高空冷气随河谷的热量而蒸发，自然而然地增加了压力，两种气流在河谷上空冲撞，冷空气只好从高山之巅沿坡下沉，而停留在河谷上空的干热空气一直顽强抵抗。直到正午，终于抗御不住冷空气的强压，于是决堤一般溃散，形成了河谷中每天定时的"午时风"。午时风横扫千秋，

---

① 相传唐时杨贵妃进京途中，因天晚宿于该地，见月色姣好，星光灿烂，河水清清，花香袭人，一时兴起，决定乘夜色去岷江沐浴，洗去一路风尘。不想被人偷窥，杨贵妃怒而扬沙，从此这里不再月明风清，而是狂风大作，飞沙射人眼目，飞沙关由此得名。

河谷中的干沙漫天飞舞,正好在飞沙关处形成一个大斗,白沙可以飞天蔽日。过去,在此处形成有一片不大不小的沙漠地,河谷中风力搬运的白沙曾经由山脚爬上山坡,覆盖了石纽山。

飞沙关四周灌木零星,蒿草遍布。此关为刳儿坪向下延伸的一根山脊,直抵岷江江心。百米悬崖,岷江雪浪击崖,轰然飞溅,跌落成漩。1952年之前,这里悬崖绝壁,山路仅能通一人一马。关上有一券门,门上有一长方形石匾,刻"飞沙关"三个大字。在民国时期,崖上有一座圣母祠,侧壁有诗刻,为清人孟维聪所作。

2019年时的成阿公路飞仙关隧道(蒋蓝/摄)

汶川县大禹文化研究会会长王永安对我讲，每年农历六月六日，传为大禹生日，当地羌民均要在飞沙关一侧举行祭山仪式，人头攒动，万人空巷。清代以来，祭山节就成为汶川重要的民俗活动。当地流传的一首民谣很有说服力：

> 禹王庙，圣母祠，
> 朝拜香火很是旺。
> 飞沙关，高店子，
> 烂稀饭卖大价钱。

1952年，筑路一支队一大队在大队长刘德明率领下，除了使用少量黑色炸药炸石，主要依靠錾子、手锤，硬是从崖中凿出了一条100多米长的隧洞，成阿公路由此穿洞而去。当年参与隧洞建设的工人陈光明，后来在川交二处工作，曾经对人谈起："飞沙关的石头特别硬，錾子经常打出火星。"隧洞尽管只能单向放行，却是该路除了灵岩山老母孔之外又一条重要的隧道洞。由于无人值守，司机一到隧洞门口，必须长按喇叭，提醒对面车辆等候。

1952年8月25日出版的《川西日报》，还特别报道了"飞沙关隧道完工灌汶段通车"的重大消息。

2020年7月26日上午，我在汶川县作家协会主席羊子的陪同下，

都汶高速从飞沙关通过（蒋蓝／摄）

从都汶高速公路飞沙关二号桥下，攀援钢网护栏几十米而上，终于到达隐匿在灌木、杂树、荒草下的"飞沙关隧道"东面洞口，此处海拔1000米，洞口上镶嵌有一块汉白玉的牌匾。隧道竣工于1952年9月，一直通行到2008年5月12日汶川大地震发生之前。奇怪的是，废弃了十几年的隧道里，竟然还有一盏路灯亮着。不是亲眼所见，简直难以相信。

据《汶川县志》载："县治二十余公里处有飞沙关，山上有一平坝。"这就是著名的石纽山刳儿坪。《禹志》云："禹生于石纽。"《益州记》述："石纽山者，今其地名刳儿坪，坪上原有禹王庙，圣母祠，社稷，今已毁，尚有遗志。"飞沙关口绝壁上刻有"石纽山"

三个大字，古朴而遒劲，传为诗仙李白所书，一直被视为书法艺术之精品。

站在飞沙关隧道洞口仅剩的一小段柏油马路上，白云苍狗，往事历历在目，四周都是盛开的胡枝子花。我不禁想起清代诗人董湘琴在此的吟唱："飞沙岭连飞沙关，岩刊石纽山，相传夏后诞此间。《蜀王本纪》禹生广柔，隋改汶川县。凭指点，剜儿坪地望可参。今古茫茫，考据任人言，我来访古费盘桓。总算是尽力沟洫称圣贤，有功在民千秋荐。"

板桥关

1952年下半年，一支队二大队在大队长石农裕的率领下开始修筑

石纽山石刻（羊子／供图）

板桥关一线的道路。在卫生所医生闵素华的记忆里，板桥关的历史比飞沙关更耐人寻味。

板桥关因板桥山而得名，曾经是松茂古道汶川县绵虒镇境内的一道桥梁，横跨岷江两岸。岷江左岸是高耸入云的板桥山、马岭山，岷江右岸是壁立千仞的绝壁悬崖。半山腰上的松茂古道在这一段变得格外狭窄而陡峭，弯弯曲曲，通往汶川老县城绵虒镇。

从地形地势上来看，板桥关是一段"上行路"，可以称之为一个死卡子。当地羌族老人对筑路工人说，板桥关自古以来相当险要。上面是高达100多米的"壁板岩"，下面是湍急的岷江。这里既不能翻山，也无法过河，中间只有一条三尺多宽的独路。难怪当地民间有一句流传甚广的总结："打不穿的铁板桥，搬不空的萝卜寨。"

筑路大军的到来，为平素人迹稀少的板桥关带来了生气与活力。因为很多人看中了筑路大军的购买力。

筑路民工集体居住，或借居民房后，板桥关俨然成了山间闹市。当时社会的背景是，成都有大量地主、资本家开设的"七十二行"，商店老板经土地改革后，生意歇业，店员多半回家务农。而部分城市里的商人嗅觉灵敏，就追逐这群筑路大军而来，因为知道他们的日常生活需求，针对当时供应制，提供了很多单位不可能供给的东西，逐渐运到工地沿途售卖。商品主要以烟、酒、糖果、腌卤肉类及猪、牛、鸡、鸭肉为主，特别的，还有方便食用的缠丝兔，大受欢迎。一到晚上，这个只有半边有房子的几十米的小街上，沿屋檐撑起货架，点燃油壶亮火，照得一路通明。民工大众，几乎个个皆买香烟、酒类等俏货。背夫行商们说："一背笼东西，一夜两夜就卖完了。"

成都出都江堰到雁门关100多公里，商品大多靠脚夫背来。当年几乎没有客车到汶川，偶有也极少，又要带货箱，客车根本容不下庞大的背架。背夫们背起背架过汶川，还要步行到工地，沿途又是50余公里。所以这些商人，既是老板也是脚夫，为生活奔波，也很辛苦。

闵素华撰文回忆说："我村就有两个我在农会当武装队长时认得的贫下中农，运橘子到这里来卖，就住在我隔壁栈房，他们一月来回两次。正好我把每月工资（15元）请他们带回家交给我父亲。当时人实诚可好，还把衣服等给我带来，既不要劳资，更不贪吞、挪用。小商贩来的牛肉干、缠丝兔、大曲酒、茅台酒，而今都是高消费商品，香烟有普通的'大重九''大前门''强盗'，也有高级的'牡丹''大中华'，便装、听装都有，都很便宜。今天谁会相信，一个深山谷中，路边摊子上能买到'大中华'、罐装茅台酒！我依稀记得，一只缠丝兔大致8角钱到1元多点（1斤米卖5到8分钱，这也相当于20斤米钱）。我们的工资38元/月，每月伙食不到10元。又何尝会消费不起呢？我每月给家里15元，除自己伙食费外，共计25元，还剩有13元。灰马裤中山装，七斤半重的棉衣棉裤，供应不要钱。邓茂修总务为将苏联花布推销给干部，男士发了套带肩披海军式花衣、彩条裤，我上过一回身，谁也没在日常穿过，多半寄回家了。当时一瓶茅台（瓦罐装），大约5元，几个人高兴共同乐一回。"①

传说在蜀汉时期，因敌兵入山，大将周仓奉命负巨石去堵塞雁门关的洞口，如果将雁门关的天险挡住，敌兵便无路进山了。不料他负这巨石经过凤毛坪时，眼见对岸山上一片黄草如一只金钟，他因为好奇，把背上的石块放下，跨上坐骑，仔细观望那草坪。及至他回头预备再负那巨石时，那块石头却像生了根似的不能移动了，堵塞雁门关的计划，遂完全宣告失败。至今这块石头上还印有周仓的背痕，所以被称为"周仓背石"。

就在雁门关（古称磨刀溪）形成的"小街"之下开挖路基时，工人挖出了当年红四方面军的遗物——一把战刀，立即引起轰动，勾起了大家探究当时红军在此鏖战的历史兴趣。恰好，一个当时被红军派作过当地小组长的农民与工人们较为熟悉，时年36岁的他，对工人们摆起了一段自己20岁经历的"红军往事"。

四川军阀李家钰，蒲江县人，四川陆军小学堂毕业，原属邓锡侯部，从排长做到旅长、师长，是川军中一员骁将。其人貌不惊人，人称"李矮子"，池小鱼大，邓锡侯也约束不了他。20世纪30年代，四川军

---

① 四川川交路桥有限责任公司史志办编：《川交年华》，四川科学技术出版社，2018年，第66-67页。

政从熊克武肇始,"防区制"兴起以来,大大小小军阀为扩军费抢地盘,征战连年不止,刘文辉、刘湘、赖兴辉、杨森、王瓒绪都当过督军、省长。

1935年,驻守雁门关、威州桥的川军属刘湘、邓锡侯部下。其中雁门关国民党守军有4个营及50余人的当地民团武装,与红军对峙时,国民党出动了数架次的飞机进行轰炸。敌人将桥身损毁、焚烧,红军到达时,索桥连桥索都没有留下一根。

李家钰受命开拔汶川一线,领兵驻扎在绵虒镇前沿阵地,扼守着板桥关。关门楼城门洞式纵深,花岗岩石藏式墙体,居高临下(磨刀溪、对岸红军集居民房点),以重机枪作火力,紧紧控制着这个不超过1000米的攻战距离。红军若要东向攻关,从民居点出来是下缓坡,到谷底过磨刀溪板桥后是上关的约500米陡坡。敌方俯射,这一路全无树木、石头掩蔽,其地形是个溪沟河谷冲刷出的喇叭形开阔"V字形"地面。按重机枪有效射程是2000米,全射程2000米以外,重创射程1500米,威猛杀伤力1000米以内。两军对峙,其相距最长也不超过1000米,而红军也在民居点背后山坡上的一座小庙架设攻、守火力点,小庙外围墙也是片石垒成,山门外有一株巨柏,有数人合抱粗细。红军在围墙上开有枪眼,墙外还以片石砌成掩体。这里宽坡地,凹处还可挖掩坑,小庙有围墙,内有殿堂、偏房、伙房,原有和尚看守香火,有房十数椽,麻雀虽小,样样俱全,红军选驻于此,既方便又安全。其高亦与对山坡的板桥关平峙,敌军要想出关强攻,势必出关下坡过板桥。这是个毫无掩蔽的陡坡，二三百米长，必将暴露在庙上红军扫射火力圈内，因此只能龟缩在那个只有一间房子大的关洞内。敌方给养远在绵虒，一日三餐，物资、生活就远不如红军方面方便。据老乡讲，最初这"李矮子"有点小觑红军，组织过两次出攻，在关上以重机枪扫射小庙，不少子弹就打在庙门外柏树上。几个筑路工人好奇，去看个究竟。果然在柏树上，发现了不少弹孔。

红四方面军曾在阿坝州汶川境内为西渡岷江策应中央红军而"强占雁门关，抢夺威州桥"；中央红军曾在甘孜州泸定一带为甩掉追兵、奋力接近红四方面军而"强渡大渡河，飞夺泸定桥"。这都是红一、四方面军在转战川西北的途中，于崇山峻岭之间，在大河阻挡之时，先头部队为大军渡河而展开的一场场争夺战，堪称红色经典。

这段往事，成为成阿公路上工人们摆得最多的龙门阵。在一定程度上，这也激发了工人们的冲天干劲。

甘堡的春节与磕头梁子上吼雨

甘堡女儿节

1953年,灌茂公路延伸至阿坝,路名正式改为成阿公路,由川西军区鲁家汉为首成立成阿公路指挥部,驻地在著名的薛城。当时有3个现役团的部队参加筑路;民工队伍的编制也有所变化,民工队干部与军队干部合编,取消了大队,设立支队、中队、分队三级;工务段也予以撤销,技术人员分配到各队。

薛城一带水土丰沛,除了松树、杉树,也有不少挺拔的桉树。法国作家朱利安·格拉克在《首字花饰2》当中,描述了他心目中的桉树:"枯黄的叶子似乎在盐、苏打或者犹大沥青里浸渍过——散发着一种尸体防腐作坊常有的蜡味——树干周围布满落叶,像是零落的木乃伊

1953年12月，成阿公路纪念章

绷带。"①

桉树大约于1890年才由意大利人引入中国，据说是送给慈禧太后观赏的。作家格拉克眼中的桉树应该是红柳桉，又名赤桉，这在四川内地也较为常见。红柳桉可以长到三四十米高，树干挺直，无分枝，树冠高高在上，看上去就像西王母怒发冲冠的凌厉身影。因为身位太高，桉树无法用树荫为大地营造一小片供人歇息的空间，而是高举阳光，

---

① ［法］格拉克：《首字花饰2》，顾元芳译，华东师范大学出版社，2011，第34页。

与光合一，似乎是一支光的火炬。一入初冬，大树的树叶被劲风扒光，立在光秃秃的山野，宛如竖直走向空中的一道冰河……

临近春节了，但鉴于工期紧，工程处决定民工不能放假回家过年，只能坚守岗位。从薛城一出来，于洪水沟开始，工棚沿线排开。而雪山下耸立着的一座古老的藏寨甘家堡，经幡飘荡，成为民工们颇为向往之地。

经幡在大地与苍穹间飘荡摇曳，形成一道独特的风景线。藏族人告诉筑路工人，经幡的5种颜色，蓝、白、红、绿、黄分别代表了天空、白云、太阳（火焰）、绿水和土地，从上到下如同蓝天在上、黄土在下，大自然的法则亘古未变。

在理县杂谷脑河对岸的山坡上，有一座雄伟、浩大的石头城堡般的山寨，耸立在大雪山的山踝，那就是甘堡藏寨。甘堡也称甘家堡，系嘉绒藏族居住地，藏语意为"山坡上的村落"。整个地区自古就将甘堡视为"甘堡甲穹"，意为百户大寨。春秋战国至晋朝属维洲属地，阿坝是羌人游牧区之一，南北朝时期属吐谷浑国。唐太宗贞观年间，松赞干布派大兵压境，在松洲（今松潘县）一带发生激战，占领了该地区，当时甘堡一带是两兵激战争夺的地方。而后，西藏内部四分五裂，大部分藏人没有回西藏而是留了下来，与羌人融合，比邻而居，世代繁衍，成为嘉绒藏族。明代推行土司制，甘堡属杂谷脑土司领地。清朝乾隆十七年（1752年）废除土司制实行改土归流，在杂谷土司属地设五国军守备，甘堡设苟桑二员守备，其中桑式守备衙门主体至今保留完整。甘堡藏寨是五县保留最完整、规模最大的嘉绒藏寨，建筑风格独特、古朴、自然、厚重。整个村寨依山而建，幢幢相通，户户相连，无不体现嘉绒人精湛、高超的建筑技艺。寨内特有的锅庄、民歌、服饰、习俗等嘉绒藏族文化也会让游人一饱眼福。

成阿公路的筑路大军里，队医闵素华见多识广，算是有心人，他很注意这一带的民族建筑。采访中，他对我回忆起第一次进入寨子的情形：寨子里有很多石头垒砌而成的屋楼。石屋不用砖、水泥、河沙、石灰修建，而是就地取材，将河中的花岗石（当地人俗称麻子石）加工成大小不一的石块，用黏土垒砌而成。石屋冬暖夏凉，不易风化，又具备防震、防火、防水的功能。石屋一般两三层，下宽上窄：一层养牲畜、堆杂物；二层是客厅、厨房、卧室、客房；屋顶平整可作晾晒、扬打粮食场地。有的藏居甚至还有类似现代楼房中内、外阳台式的建筑。石屋毗邻相连，高低错落有致，自然排列成村落；屋与屋间有狭窄的巷道，宽的三米左右，窄的仅能并肩过两人。巷道路面全部用麻子石或者鹅卵石砌成。全寨大小道有多少，就连当地的老人们也说不清。无论上高高的后山俯瞰，还是伫立在成阿公路上远眺，甘堡藏寨的石屋都像一组壮观的艺术群雕。

用河心的花岗岩对比一下山地上的石头，就可以发现，山上的石头可以用手掰下来，再掰一次，石头立刻四分五裂。难怪这里这么容易引发泥石流，长期多变的气候和湿润的土壤让坚硬的岩石也变得松散了。

甘堡也是内地汉区进入嘉绒地区的第一个大站。1953年，闵素华等一百多名职工就在这里度过了一个难以忘怀的春节。

闵素华回忆说："人呼'麦代表'的家有钱，墙有壁龛放金银瓷器碗盏。平时只有母女两人在家，'麦代表'参与地方工作，常不在家，只见到过一回，高个子，为人热情。汉族人过春节，藏民喜过女儿节，全寨少女集中吃、玩、跳锅庄，也给我们送来吉祥礼物——核桃、花生、肉干……瓷盘盛来。晚上请我们参加跳锅庄，在二楼。围着火坑转，跳得尘土飞灰满面（因楼层是原木摆拼，上铺泥土掩盖成平面），边跳边唱，坑中火光熊熊，跳得汗流浃背，各自归家……"[①]

闵素华提到的"女儿节"，正是藏族人每年农历五月初四、初五举行的节日，也称"采花节"，大致可分为"抢水""采花"和"祝福"三个部分，其中"采花"和"祝福"都与民族歌舞相结合。节日以"抢水"拉开序幕。第一天，人们便到附近的山上抢泉水。抢到水后，有的捧水痛饮，有的背回家去洗发、净身。然后各家的父母把女儿精心打扮一番，在自家兄弟的陪同下，与其他姑娘们会合，在村民们的欢送下向几十里外的"花儿"走去，一路上歌声不断。来到采花点以后，

---

① 参考内部资料《史志通讯》2015年6月第64期。

一边埋锅造饭，一边将新的木刀、木箭、木斧等插起来，这是表示要保护他们崇敬的花神，让花神永远保佑家乡风调雨顺、人畜平安。姑娘、小伙结伴而行，一边唱山歌看美丽的山景，一边采摘各种艳丽的山中花朵，直到姑娘们鲜花满头。晚上大家围着篝火尽情唱歌、跳舞，通宵达旦。

这种欢愉，对于筑路人而言，成了一生中最为珍视的回忆。

磕头梁子的古碑

在理县境内杂谷脑镇的西侧，有一道峭拔而起的山梁，有大约15里古道蜿蜒上山，古称扑头梁子，当地老百姓呼之为磕头梁子。无论古今称谓，可见其陡峭难行。工程队抵达这里，摸不清具体地理情况，只好去请教当地的"背二哥"。

就在磕头梁子山踝的崖壁上有两块石碑，分别是隋开皇九年（589年）及唐开元十五年（727年）所镌刻。隋碑前人命名为《隋会州通道记》，碑文为行书，字大约径寸，凡11行。这块摩崖碑实际高约60厘米，阔近40厘米，其文云：

通道记

　　自蜀相姜维尝于此行，尔来三百年。更不修理。山则松草荒芜，江则洽沤出岸，猿怯高拔，鸟嗟地险，公私往返，并由山上，人疲马乏，筋力顿尽，大将军开府仪同三司。总管二州五镇诸军事，会州刺史永安郡开国公姜须达，愍人生之荼苦，报委寄之天恩，差发丁夫，遂治旧道，开山栈木，不易其功。遣司户参军事元博文、县丞郭子鸿、王文诚、吴荣、邓仲景监督。大隋开皇九年九月廿三日记。

著名的姜维山就在理县东北的薛城镇。《元和志》记载，姜维山"在县西一里"。这块碑，详细记录了蜀汉三国到隋朝300多年来此地古道的修复情况。古来"嘉戎诸地历来通往内地之道路主要有二。一沿杂谷脑河谷走向，经理县至汶川，复由此沿岷江南下至灌县而达成都"，"另一途则循大渡河南下，由马尔康经金川、丹巴或宝兴而至雅安，复由此经邛崃而达成都。此路亦早为通途"。而第一条古道，恰恰也是成阿公路的走向。

唐碑无题，其内容叙述唐朝与吐蕃统治阶级之间的一次战事。碑文为真书，字大约2寸，凡8行。此摩崖碑实际高约45厘米，阔约50厘米，其文云：

朝散大夫检校维州刺史上柱国焦淑，为吐蕃贼侯坝，并董敦义投蕃，聚结逆徒数千骑。淑领羌、汉兵及健儿等三千余人讨除，其贼应时败散。开元十五年九月十九日记。典施恩书。

历史学家李绍明认为,以上二碑刻,于赵明诚《金石录》、王象之《舆地碑记目》、孙星衍《寰宇访碑录》、赵之廉《补录》、刘声木《续补录》及嘉庆《四川通志》等,皆未载录,唯唐碑曾载入同治《理番厅志》。关于隋碑,岑仲勉先生1945年曾撰有《理番县新发见隋会州通道记跋》一文,予以考据,但唐碑尚无疏证。唐与吐蕃战争频仍,从公元714年到821年,共发生了7次和盟事件。这块石碑是极为珍贵的历史记录,既是"史记",又是"路碑",文中所记,对当时中央皇朝与诸羌及吐蕃的关系,皆有重要说明,可补记载的不足,是现今川西北少数民族地区极应被珍视的文物。

吼 雨

地图标有名称的杂谷脑镇,算是岷山深处一个较大的居民点。在闵素华眼里,杂谷河的一片坡上,有条小街,有个较平、较大的露天摆摊市场,有政府机构,有银行,后来是今天的理县人民政府所在地。当时的磕头梁子上,坡顶有一户人家,一个汉子吆喝着驴子下山驮水,把山脚的水运到坡顶,做卖饮用水的独门生意,以此维持一家人生活。他每天跑一趟,上午下山,在杂谷脑河中装满两背桶水用驴子驮运,

下部 | 成阿公路篇

俯瞰松潘城（蒋蓝/摄）

要下午才能驮回。

　　闵素华等3人爬上坡顶已经汗流浃背，大口喘气，口干欲燃。但水的价格高得令人咋舌：一土碗冷水5角钱，还不得添。按当时物价，一碗水钱可以买10斤大米了。当时筑路工人拿的是每月几十元的高工资，5角钱一碗的水也还是喝得起，闵素华喝了一碗。

　　民工们背着钢钎、二锤、大米、油盐、锣锅、铺盖卷、帐篷，每个人都是负重几十公斤。闵素华负重最轻，只挎红十字药包，药箱由民工担着。到达坡顶，路面稍宽，有两间房子靠内岩壁，路的外侧是悬崖，崖下见不到底。大家背靠着山壁歇口气。背夫们有固定习惯：打杵子往身后一塞顶稳背架，靠壁歇肩，他们口中就吆喝一嗓子，走山路的皆是如此。

　　磕头梁子有奇观，只要大声吆喝一声，雨就来了！莫怕，滴滴答答下那么点，若再有人吼，又洒下几分钟的雨……

　　所谓"山有多高，水有多高"，即使不下雨，高山土壤也会析出水。越是高山，就越像是一个冷凝塔，空气吹过会被取走水分。天空蓝得如一块翡翠，晴日与山峰相对；转瞬山体空蒙，云压山肩。这一现象都是磕头梁子的特殊地势造成的，山顶上空弥漫着饱和水分的浓雾，遇到声波震动，就凝聚成雨和冰雹。有专家对这种现象做出了解释，其实要形成雨的话，一定要具备三个条件：第一水汽充足，第二有相对气流，第三有上升气流。

当然，在磕头梁子这个地方水气是非常充足的，而当人对着山顶大声呼喊的话，声音所传递出来的能量造成空气当中的水汽波动，这样上升气流就会产生，紧接着相对气流就出现了，所以自然而然就会下雨，而且声音越大的话，雨就会下得越大。

闵素华回忆："我按等腰三角形折算坡顶高度，15公里，折半为7.5公里，山顶也有3500米高，再加上以灌县为起点，河流差千分之一米升高，到此200多公里，也又攀高200米，此坡大致也当在3700米高度。如果没有这样的地势，就吼不下雨来，当然，吼下雨来，也许另有因素不得而知……我平生走过四川3个自治州，其他高山未见此观。去巴塘、翻海子山，地质局立有标高是4700米，是开阔高原，自不下雨。下了磕头梁子，进入来苏沟，当年还没有川西森工局，原始森林走进去，真是见不到天日，山风阴森森的，有很多老树枯倒在地，又不知多少年，树身大过了卡车。树身长满了青苔、石苇，不时有貂鼠出没其上……"

这样的巨型树木，没有上千年的时光不会长成。闵素华提到的原始森林风光绝佳的莱苏沟，就是现在著名的米亚罗风景区。

被誉为"桥坚强"的工程师

2010年3月7日早上，98岁的桥梁工程师郎敦悌在家无疾而终。去世前一天晚上，他还开着收音机听京剧，在笔记本上抄写《滕王阁序》。他们夫妻结婚73年来，过的是平淡却幸福的日子。夫妻二人无论何时都在一起，90多岁还手挽着手去散步。这天一早，93岁的老伴一早推开他的房门："老头子，该起床了。"才发现无论如何也叫不醒他。前不久，他们才庆祝了结婚73年的纪念日。

郎敦悌是浙江杭州人，一生致力于公路建设，是四川省交通运输厅公路局退休高级工程师。四川省内东南西北的公路，都有他奔波的身影。1936年，他在浙江大学土木系毕业之后，带着妻子从杭州来到成都，便开始了一生的公路建设生涯。他常年担任工程队队长，主持过公路设计、勘测、施工工作。他很少有时间在家，每一个孩子出生时，他都在工地上。因此，孩子们的出生都有一条公路作纪念。老大出生时，他在修川湘公路；老二出生时，他在修川鄂公路；老三出生时，他在修成渝公路；老四出生时，他已经是成阿公路的副总指挥。

1975年，郎敦悌从工作岗位上退休，那时他已经63岁。恰好当时有一条路还没有修完，为此他晚退休了3年，直到工程完工，才算了却心愿。

子女们回忆，郎敦悌初次进四川时就在路上发生过翻车事故，他也摔折了腿。1954年，投身成阿公路建设，他随队进入阿坝州进行测绘。不想一次路上遭遇土匪，把他们的水壶、测绘工具全都抢走了。这样的遭遇，如今听起来恍若天方夜谭……

郎敦悌一生心系工程。2008年7月，简阳市内一座有40年历史的沱江大桥因受地震影响，再加上年久失修，被专家鉴定为危桥，需要拆除。施工方在桥身上打了2000多个炮眼，装了380公斤炸药，但爆炸声后，沱江大桥仍然屹立不倒。之后，这座大桥被网友称作"桥坚强"。但很少有人知道，郎敦悌就参与了"桥坚强"的设计。他跟子女们分享起当时的修建经历时，不停地强调一句话："做事就是要踏踏实实，尤其是做工程，关系到人命，质量和安全是最关键的。"

这样的"桥坚强"，对比多处甚至遍及各地的"楼脆脆""楼塌塌""桥倒倒"，可见郎敦悌心中的良知。

鹧鸪山上无鹧鸪

1953年年底,成阿公路指挥部参与建设的理(县)马(塘)段筑路工程竣工,灌茂公路工程处编制的干部于1954年初撤到成都,准备建设宜西路。马塘及远到阿坝州的道路由军队、部分民工继续修筑,后改为成阿公路工程处。而成阿公路经过鹧鸪山,值得一说。

德国哲学家基尔希曼认为,当人们接触高山、大海等拥有巨大力量的东西,受到其冲击时,自然会产生惊讶感动之情,这种情不是恐怖也不是痛苦,而是使自己成为外界雄伟事物的俘虏,陷入五体投地的状态。只要人们来到鹧鸪山山踝,这样的情感就与山岚一道,情不自禁地萦萦而起。

鹧鸪山位于四川省阿坝藏族羌族自治州理县与马尔康市交界处,垭口梁子海拔4300米,因山体形如喜欢朝着太阳飞的鹧鸪鸟而得名。鹧鸪山是成阿公路线上最高的一座山,也是通往阿坝州草地的必经之道。当年红军长征就从这里经过。这山上气候多变,艰险难走,原来人们常说:"正二三雪封山,四五六淋得哭,七八九稍好走,十冬腊学狗爬。"就是在一天之中,时而冰雹、时而大雨,也要变几个样。在这样艰苦的环境里,筑路人遵循毛主席"为了帮助各兄弟民族,不怕困难,努力筑路"的指示,艰苦奋斗,用血肉之躯打通了鹧鸪山道路。

鹧鸪山的东侧是羌族的主要聚居区,翻过山就是传统的藏族聚居区了。鹧鸪山上的公路位于垭口处,此处飞沙走石,风力极大,甚至能感觉到风对人的强大推力。人站一会儿,脸就蒙上一层沙,只听见风在耳边呜呜地吹。云就在身边变换着,一会儿人在云中,一会儿又被烈日笼罩着。烈日的光随云朵的变化而变化,给茫茫群山洒下神秘的荒凉。这不能不让人感叹,"仙境"和"险境"实际上有拼音写法相似的妙处。

当时筑路队有一位主动要求到"最艰苦的地方锻炼"的成都知识女性,她一来到雪域高原,看什么都是新鲜无比。有一天,她在工地四周闲逛,看花寻草,突然被藏匿在附近山上的土匪发现了,冲下来扛起她就往山上跑。这还了得?工程处紧急请调了一个排的解放军入山清剿,才终于把人救回。有了这样一次教训,筑路队十分警惕周围的环境。

在鹧鸪山长达40余公里的盘山路上，冬春大雪封山、冰冻路滑，夏秋泥石流、塌方严重，弯多、路窄、坡陡、公路等级低，车祸时有发生。鹧鸪山老路有很多这样的路段，而且每段还不短。如今老路已经废弃，除了林场和牧场的工作人员偶尔会上来，几乎没有行人。

十几年前，我曾经到鹧鸪山一带采访，空气稀薄，上山还要花费一个多小时。杂谷脑河是岷江的重要支流，而鹧鸪山是杂谷脑河的发源地。没有杂谷脑河的孕育，就没有米亚罗那比北京香山红叶景区面积大整整180倍的"红海洋"。

当我到达317国道805公里处的鹧鸪山隧道口时，果真被把守隧道口的工作人员挡住，因为隧道维护，过往车辆须走鹧鸪山老路，我们只好沿着盘山公路向鹧鸪山山巅驶去。

鹧鸪山山下有一个远近闻名的路口，叫刷马路口。从路口右边过一座石拱桥，沿梭磨河行驶60多公里，通往阿坝州州府马尔康。我们的汽车是从左边走，沿曲折陡峭的公路往鹧鸪山行驶，不一会儿便来到半山腰。从这儿往山下看，可以看见幽深逼仄的梭磨河河谷、泛白的公路与湍急的河流一同在山谷中曲折蜿蜒，汽车如蚂蚁一般在公路上爬行。往山上看，鹧鸪山绵延不断的山峰晃动着视野。近处林海茫茫，重峦叠嶂。公路在大山的褶皱中蜿蜒前行，逶迤向上。

高原的天，说变就变。刚才还是朝霞璀璨，可汽车爬上鹧鸪山山肩，乌云突然笼罩，很快，车窗玻璃落上星星雨点。越往上爬，雨越大，还飘起了朵朵雪花。海拔越高，空气越稀薄，路边植物也越发矮小。山沟里全是挺拔的冷杉树以及高大的阔叶树，半山腰变成低矮的小灌木。当汽车跃向山顶时，则只有苔藓冲破皑皑白雪的压迫，顽强地展示着生命力。鹧鸪山垭口，峰回路转，是理县和红原县的分界处。狂风大雪竟打得人睁不开眼，一群成都来的旅游者冷得牙齿咔咔打架，浑身不停哆嗦，下车后都不敢多走几步，就赶紧回到车里。

往后打量，皑皑雪山山连山；往前眺望，盘山公路圈套圈；仰望苍天，片片鹅毛大雪在乱飞！在路旁，我发现老国道的公里标牌，上面写的是G213 788。需要说明的是，国道213和317在这一段是重合的，公里标牌已经被岁月侵蚀得漫漶不清。

川交二处原党委书记邓天书对我讲，阿坝州最早的道班养护工，一般都是参与成阿公路建设后才交给地方公路局的。担负成阿路理县至龙日坝段养护任务的省属刷经寺养路段成立于1957年，人员主要由修建成阿路的筑路工人组成。它于1958年由省下放阿坝州管理，于1962年被统一收归于省公路局管理的四川省阿坝公路养护总段，也一直都是州管、省管时期的直属单位，是现在刷经寺公路管理分局的前身。刷经寺镇在1954年至1958年曾是阿坝州的州府驻地，由于气候恶劣等因素，在州府迁往马尔康之后一直是红原县的一个镇；但其养护编制却一直保留，主要是它长期肩负了鹧鸪山、查真梁子、海子山及垭口山四座海拔均在4000米以上的大雪山的交通护卫责任的缘故。也许是因为参加了成阿公路的修筑，他们更深刻地懂得筑路不易。在这个环境最艰苦的养护队伍里，许多筑路勇士又被锻造为护路英雄，并形成传统代代流传，成为全州公路行业"敬业爱岗，艰苦奋斗，扎根高原，无私奉献"精神的代表，刷经寺养路段成为全州公路系统最早被评为省级文明单位的集体。驻守鹧鸪山山顶的302道班（又叫三道班），于1957年3月被四川省委、省人委授予先进集体称号，是长期的模范班代表。[①]

邓天书说："在那里，我没有见过鹧鸪鸟，但我们却不应忘记鹧鸪山。"

从20世纪五六十年代开始，阿坝州人就对鹧鸪山隧道有了设想，但由于各种客观条件制约，这一想法迟迟没有进展。直到20世纪90年代，鹧鸪山隧道工程被阿坝藏族羌族自治州州委州政府提上了重要的议事日程。

2004年，鹧鸪山隧道贯通。这是当时国内已开通的海拔最高、洞线最长的公路隧道，隧道净宽9米，路面宽度为7.5米，行车速度可

---

① 吴江东：《读史明志（二）：阿坝州公路养护管理发展史》，阿坝藏族羌族自治州公路管理局官网：www.abgli.net/abzgli/c103679/201212/oe8ec7ab886f443fbb55/a53ba11900c.shtml。

达每小时40公里，缩短公路里程45公里，原来爬山1小时的车程可缩短为9分钟。同时鹧鸪山隧道成功避开了鹧鸪雪山最危险的路段，确保了国道317线鹧鸪山段全年交通畅通，顺利连通了四川与甘肃、青海、西藏等省区。鹧鸪山隧道竣工通车，新华社曾将此作为一条重要消息，通电全世界。

2018年，经过4年艰苦施工，成阿公路的咽喉——鹧鸪山，被一条长近8公里的高速公路隧道贯通，标志着长期制约全州交通的主要瓶颈被打开。

音乐与美术的公路印记

1955年11月，海子山到阿坝州108公里公路修通，至此506公里的成阿公路全线贯通了。11月10日，成阿公路全线通车典礼在阿坝藏族自治州州府所在地刷经寺举行。4000余名筑路英雄和当地数千名藏、羌、回、汉各族群众参加了典礼。《人民日报》《四川日报》予以专题报道。

从红军到解放军再到军民修成阿公路，可以说代表了三个不同时代的重大事件，三次都经过了鹧鸪山。有一首无法查阅到词曲作者名字的歌曲《三过鹧鸪山》，应诞生于成阿公路通车之际的庆典上，歌曲把其情节、意义、价值，以歌曲的形式完美表现出来了。

几十年过去，这首歌至今在当地流传——

一过鹧鸪山啦，风雪遮满天啦。红军长征红旗飘，英雄们战胜了这道关。艰苦踏破了万里雪哟，北上抗日为明天哦。艰苦踏破了万里雪哟，北上抗日为明天哦。

二过鹧鸪山啦，解放大草原啦。人民的队伍回来了，藏民盼望了十八年，到处唱起了红军歌哟，赶着牦牛来支援哦。到处唱起了红军歌哟，赶着牦牛来支援哦。

三过鹧鸪山啦，山头扎营盘啦。天寒地冻修公路，英雄们劈开了大山尖。汽车载来了新机器哟，要把草原变花园。汽车载来了新机器哟，要把草原变花园。

雪山草地天天变，天天流，天天变。人民的解放军永远向前。

聆听着这样的歌曲，怀想着风把白云剪成各种图案，双鹰高飞搏击长空穿白云，书写蔚蓝背景下的美丽诗行。但筑路人注定属于大地，他们就像贴地生长的杜鹃，用一点一滴的鲜红，点染着一个个春夏秋冬。

在美术领域，关于成阿公路的作品值得大书特书。

驰名画坛的成都著名美术家何多苓，生平第一幅发表的画作就叫《成阿公路通车了》。没有装裱，没有画框，只是一张手掌大小甚至有些模糊的剪报。画面上花花绿绿的人在围观一辆汽车，车身歪歪斜斜，但线条之间却有无师自通的透视关系。

那一年，何多苓7岁。其实他并不知道成阿公路在何处。只知母亲命题让他画了一幅画，发表在《小朋友》杂志上。而这，竟成为开启何多苓绘画人生的第一个节点。

几年前，我采访美术大师周抡园的女儿周克强，她特别谈到了父亲进入成阿公路的往事。

何多苓七岁时作品《成阿公路通车了》

周抡园(1899年—1988年),是河北大名人,山水画家,为首批中国美术家协会会员。1956年7月,四川省文联安排美术家周抡园沿成阿公路写生。沿新建公路穿越崇山峻岭进入雪域高原,是周抡园多年的梦想,如今有这样的机会,他振奋不已。但条件十分艰苦,新建的公路路况较差,车祸不断,沿途多有匪徒出没,吃不好不说,生活条件也让一般人受不了。在他居住时间最长的米亚罗林区,他住的是一个刚刚住过伤寒病人的房间,补丁叠补丁的被子上爬着一串串的虱子。就是在这样的条件下,他不辞辛劳地奔波了一个多月,大开眼界、灵感勃发、硕果累累。

周抡园非但不觉得苦,反而认为他是幸运的。以幽、秀、险、雄和气象万千闻名于世的蜀中山水,历来是画家心向往之并能大开眼界的游历之地。但因为交通等条件的限制,他们不可能深入西部地区。周抡园此行在成阿公路刚刚通车之际,出灌县溯岷江而上,穿越汶、理、茂之高山深谷,行进于潺潺溪流、茫茫林海之间,翻越海拔四千多米的鹧鸪山进入阿坝高原,阅尽雪域美景,遍览汉藏风情。周抡园自豪地认为,自己是第一位有如此经历的国画家。他以

画家周抡园

艺术家的眼光发现，同一处山石可同时用不同的技法表现；山山水水如此多姿多彩；体貌奇特的牦牛、服饰鲜艳的藏族同胞与雄奇的山川构成绝美的图画；辛勤的伐木工人、流放的木材标志着时代的唤醒……他在采访笔记里写道："由成都向西出发，一过灌县，山势越来越美，真是应接不暇，有的山近处像是折带皴法，远处又像是没骨法；有的山低处像是斧劈皴，高处又像是云头皴法；一匹山具备了各种皴法，衬以云烟，非常协调和美丽；在高峻浓郁的青山背后，露出了一两个黑白兰（蓝）三色镶成的雪峰，映着晴空，偷偷地窥人，煞是好看；走上鹧鸪山，四下一望，在晴空中映出的无数水晶山头，在身旁簇拥围绕，远近参差错落，此美丽是我生平所仅见！""我们住在森管局，每日由局内的同志陪同到工地参观，工人们的勇敢、智慧，令人印象深刻，记忆犹新。"

这次成阿公路之行，可以说是他艺术生涯的重大转折点。写生归来的他，思想为之豁然开朗，作品面貌焕然一新。高峻浓郁的川西山地，莽莽的原始森林，绚丽的草地，晶莹的雪山，盘旋的公路，热火朝天的林场，藏族同胞，牦牛，漂木，汽车，帐篷尽入画中，《川西原始森林》《成阿道上》《山沟流送》《鹧鸪山》《川西林区收漂放排》……"千秋家法"与全新的创作观念撞击出绚丽的火花，深厚的笔墨功底描绘出欣欣向荣的现实题材，57岁的周抡园让画坛眼前一亮：原来山水画还可以画成这样！

著名画家周抡园国画《成阿道上牦牛驮运》

采天麻的诀窍

在青藏高原上,尤其是在未通公路之前,很多如今看来是宝贝的特产,当地人是不以为意的。

千百年来,崇山激流阻碍着西藏和祖国内地的往来,也割裂了康藏高原内部的通道。藏族人民需要的东西很难运进去,康藏地区的土产和特产很难运出来。在波密等地区,人们运输东西,不仅要爬雪山,而且要背重物走独木桥、过溜索。许多藏胞回忆起新中国成立前的情形说:"那时谁愿白费力气去挖贝母?它和柴火一样便宜。"甚至几串不值钱的外来的小珠,就可以换到好几张珍贵的兽皮或一大堆虫草、贝母。[1]

随着成阿公路不断延伸,闵素华逐渐认识一些乡民。出于医疗上的眼光,他总希望能因地制宜多寻找一些药,以解决受伤工人的治疗问题,平时也注意寻找可以补充维生素的植物。比如在理县一带的山上,高山上的仙人掌会长出红果,浆果里面有很多细小的种子,味道非常甘甜,这种红果是可以食用的。但不是所有品种的仙人掌果子都是可

---

[1] 纪念川藏青藏公路通车三十周年筹委会办公室、西藏自治区交通厅文献组编:《纪念川藏青藏公路通车三十周年文献集·第二卷·筑路篇》,第121页。

以食用的，有的品种的仙人掌红果有毒性，所以在没有确定它是否有毒之前千万不要随便的食用。作为医生，这些问题必须要提前提醒筑路工人。

他也四处采集川乌、草乌、一枝蒿、人头花等，用于治疗工人突发的外伤。

看看现在的虫草价格，二三十元一根，简直高得离谱。但闵素华那时向藏民购买，往往是5角钱可以买50根，真是一个天上一个地下。

那里出产天麻，一些人吃得多，就像吃洋芋一样，用天麻炖鸡炖肉是待客的好菜。天麻也是一味名贵药材，干天麻价格很高，活血止痛、舒筋通络，对手麻、脚麻、头晕等症状，有非常好的效果。

古代有对天麻采收时间的论述。宋代苏颂在《图经本草》中记载："凡采药，其根物多以二月、八月采者，谓春初律润始萌未衔枝叶，势力淳浓故也，至秋枝叶津润归流于下，今即事验之，春宁宜早，秋宁宜晚，具此文意，采根者须晚秋之后、初春之前、欲其苗梗枯落，至未萌芽时气味正完，乃可采耳。"这段精辟的描述，指出了天麻应在"晚秋之后、初春之前"采挖。所以不管何时的天麻，都应在其休眠期采挖。

据说最好的天麻却是"萌麻"，即小天麻。闵素华毕生好学，经过向藏民多次讨教，他找到了一种最佳采挖方式。那就是在天刚蒙蒙亮时来到森林里，找到老死而倒伏的桦胶树（白桦树），在其树桩周围，可以隐隐见到一团晃动的磷光，多半这下面就有"萌麻"了。先用挖锄去表层土壤。天麻顶端都向上生长，往往长在菌材上，铲土时最容易铲掉顶芽，故应小心铲挖。将近菌材时，即用镐头撬起菌棒，拣出天麻。有时两根菌棒间天麻紧紧挤压在一起，撬棒时容易弄断天麻，故应特别小心。菌棒完全挖出后，应检查窝壁四周土壤中生长的天麻，尤其是靠上坡方向容易长天麻。依靠这个方法，闵素华采挖到很多"萌麻"，有一次采挖了足足7斤，在工地传为美谈。

贝母逸闻

筑路人的生活是忙碌的，但也是寂寞的，甚至是枯燥的。

1950年12月，西南军政委川西行署交通厅公路局"灌茂公路工程处"成立，先后有4支测量队踏勘路线。1953年春，成阿公路推进到阿坝州的草原。当时的筑路工作方法是一边测量，一边施工。一到龙日坝，眼前豁然开阔，是一望无际的草原。四川省交通厅第二测绘队即将对成阿公路最后一段展开测绘。

尽管是初春，川西北高原依旧是千里冰封万里雪飘。天刚蒙蒙亮，他们就身背勘察设计包、肩扛标杆，顶着飞雪出门了，在零下20多摄氏度的野外选线。他们把测量仪器架设好，有3个人分别立棱镜、打桩和写桩号，都冷得瑟瑟发抖……最后发现因为地面积雪太厚，测绘数据并不准确，工作只好暂时停顿下来。

龙日坝这个地方，海拔3600多米，人烟稀少。草原上有蓝天白云、新鲜空气、成群的牦牛和羊、一望无际的水草地。生活资源不丰富，文化生活很欠缺，特别是在边远的草原上，什么都没有，不敢奢谈电视，测绘队最多看过无线电传真，连收音机都没有。

测绘队白天在野外工作，晚上什么事都没有，只有工程师、技术员在油灯下记当天测量的情况。平时测绘队还要举行测绘专业知识讲授，每周也在晚上讲一两次。但专业人员实在太忙，讲课也时断时续。到星期天大家就清闲了，上午洗洗衣服，其他时间便在附近走一下，或是躺在帐篷里聊天消磨时光。

下面的文字出自测绘队员张嘉棫的回忆《草原春梦》，是非常有生活意趣的：

> 我们随队通司（翻译）才郎三木香（汉语名贾开弟）告诉我们，现在正是挖贝母的好季节，麦洼与望龙拉坡地盛产贝母，这勾起了我们的兴趣。他说，贝母生性很习，生长也古怪，只有一小片叶子露出地面，要很仔细才能找到。到星期天，我们就拿起调查地质的锄头挖贝母去了。花了近半天的功夫，好不容易才挖到两粒，我都泄气了。他后来又告诉我们一个挖贝母的诀窍：到下雪后，地上铺着深厚的积雪时，就能挖到。因有贝母的地方，

雪地上会出现一个小洞，一看到小洞，必然会有贝母。我问："现在正是八月暑天，下雪要等到何时？"通司的父亲旦巴（专职为我队看管马匹与牦牛等）说："会下雪的，每年到这时都会下雪。"我们将信将疑。

几天后的一个下午，天变了脸，北风呼啸，寒气逼人，天也阴沉沉的。傍晚时分，鹅毛大雪从天而降。第二天清晨出帐篷一看，望龙拉一带真是银装素裹，一片白茫茫的雪地，雪厚约十几厘米。因下雪不能进行野外作业，这也是我们挖贝母的好时机，我准备去踏雪挖贝母。早饭后，我带上工具出发，踩在吱吱作响的雪地上，举目望去，草原雪地上果然有无数密密麻麻的小洞。我看准一个小洞，插上铁钎以定位，清除周围积雪，轻轻地挖下去，果然一小块泥土中夹着一粒雪白鲜嫩的小贝母。成功了！我情绪高涨，进度也快了，如法炮制，花了两个多小时，竟挖了100多粒贝母。川贝（是中药材）当时对我来说，没有什么用处，但能成功地挖了那么多的贝母，我心中的喜悦难以言表。在当时的条件下，让人感觉其乐无穷。①

---

① 四川川交路桥有限责任公司史志办编：《川交年华》，四川科学技术出版社，2018年，第7页。

"西藏药材三大宝——麝香、贝母和虫草。"这句民谚一点不假。贝母为百合科多年生草本植物,其鳞茎供药用,因其形状得名。《本草经集注》说其"形似聚贝子",故名贝母,有止咳化痰、清热散结之功效。贝母喜光、喜湿,哪里的灌木长得好,哪里的贝母就多,这是藏民的经验。记得前年我在红原县采访时,看到挖药人熟练地拨开杂草,很快就在灌木丛中找到一株贝母,因为紫红色的茎上,顶着4片柳叶似的叶子。

川贝母是越小越珍贵,按其颗粒直径大小,又分为松贝、青贝和炉贝三等,颗粒最小者特称为"珍珠贝",主产于四川阿坝藏族羌族自治州,为川贝中之最优品。另外四川松潘地区号称"贝母之乡",这个地方多为雪山草原,出产的"正松贝"也为川贝母中之珍品。

"哈嘛叶"就是活麻

川交二处1957年3月修筑刷(经寺)丹(巴)公路,于当年底胜利完工。次年3月他们马不停蹄地再战东(俄洛)巴(塘)公路,奋力打通海子山,此为第三次跨进雪域高原。那带高寒缺氧,气候恶劣,职工们的工作、生活艰苦异常。

看看筑路人的吃、住、行,就可以看到他们的工作与生活,在那个特殊的年月和特殊的地域,也就越发显示出筑路人经历的非凡。

吃。以玉米杂粮为主。工程技术员黄功茂曾说:"蛋黄腊,酥油炸,吹了口哨往山上爬。"炒菜缺油,炊事员在铁锅上系一根铁丝绑好肉皮,每次炒菜时抹一下锅以防蔬菜粘锅。蔬菜缺乏,动员大家从山上采集带刺的哈嘛叶,用开水烫后食用,算是美味了。由于工地燃料不足,规定每个职工每天上交5公斤牛粪,有些女同志甚至解下花围巾去包牛粪。

住。行军途中无旅馆,职工和衣而卧,脚上草鞋不脱,万一土匪袭来,便于逃离。职工自背帐篷、生产工具到工地后,砍来树干,把帐篷搭好。女同志怕野狼偷袭,住在中间;男同志住四周;身强力壮者一般住在门口。职工们亲如兄弟姐妹,未闻非礼之事。

行。一般穿布鞋、草鞋、麻窝子草鞋,还有少量胶底解放鞋。上巴塘时汽车越往上行越难,不敢停车熄火,恰有一女同志要小解,司机不同意停车,她要求在车上解,众人反对。遂由两人抬起她往车后解,她一怕摔落,二见后有车辆,终不能解,只得尿裤。带队的人叮嘱职工上山前少喝水,以免难堪。[1]

藏族人有俗语"阿可妈唐久瓦拉坐卓门",意为子不嫌母丑,人不嫌牛粪脏,难怪藏族先人们为牛粪取名"久瓦"。安多地区还有在牛粪火灰里烤"帕廓"(一种手镯形的面饼)的习俗。过去,藏人们

---

[1] 四川川交路桥有限责任公司史志办编:《川交年华》,四川科学技术出版社,2018年,第9页。

在路边看到光滑的"久瓦"时，总是会情不自禁地称道："久瓦斯夏扎几嘟。"这是把"久瓦"比作黄菌菇，并当作宝贝一样拣起来。在藏地，人们对牛粪燃烧后所发的烟味，也有特殊的感情，因为它给人一种家的温馨，藏民生活中不可缺少"久瓦"。"久瓦"在特定的场合、特殊环境中有着特别的用途，任何贵重的东西都无法替代。无论是城镇还是农牧区，举行婚礼、丧葬、过年、乔迁、煨桑敬神、屋檐装饰、治疗某些疾病时，"久瓦"自然是不可缺少的物品。

川交二处筑路者提到的"哈嘛叶"之称，显然是藏族人的称呼，这到底是什么呢？我请教了藏文化学者红音博士，才得知那原来就是大名鼎鼎的活麻，也叫荨麻。

荨麻，俗称活麻、藿麻、掌叶蝎子草，古称毛蕊或荨草。明代李时珍在《本草纲目》中称："荨麻，荨音寻。"又云："荨麻又称毛蕊。荨字本作薮。杜子美有除薮草诗，是也。"《辞源》指出，"荨，草名。俗读如寻，本作薮"，又"荨麻，古谓之薮草"。《本草纲目》中亦有如下记载："荨麻……其茎有刺，高二三尺，叶似花桑，或青或紫，背紫者入药。上有毛芒可畏，触人如蜂虿蜇蠚，以人溺濯之即解，搔投水中，能毒鱼。气味辛、苦、寒，有大毒。主治呕吐不止。蛇毒，捣涂之。风疹初起，以此点之，一夜皆失。"因此，农民把它视为珍宝。用荨麻捣碎外敷，治毒蛇咬伤和风湿性关节炎等症，相当有效。

在低海拔的沟渠里，有红活麻分布。这除了可以用来凉拌、炒食之外，也可以煮为风味绝佳的"活麻稀饭"。在采访中，一位川交二处的老人告诉我：那时很多工人因常年居住在湿气很大的工棚，关节炎很严重。一次在修路放炮的间隙，他与一个藏民偶然聊起恼火的关节炎，藏民从路边扯起一棵叶阔如巴掌、布满白茸茸针毛的草说："你的关节炎这草就可以治。"

筑路工多来自四川乡村，认得这草是"咬人"的藿麻草啊。藏民说："别怕，它是咬人，但它更治风湿疼痛。"

藏民让那人把双膝露出，正在犹豫间，他挥起藿麻就朝其双膝"唰唰唰"地抽了十几下。在一种疼痛的凉意下，其双膝红得就像上过一层土漆一般。这草的厉害一般人幼年就知道，平时碰到它比被野蜂蜇了还痛，可是打到腿上怎么一点感觉没有呢？

藏民说："有风湿疼处用它掠打不疼，正常之处碰上它就疼痛难忍。"

从植物学角度而言，藿麻属荨麻科，为多年生草本植物，全世界约有30个品种，中国有16种。植株高几十厘米，茎直立，有钝棱，叶两面疏生蛰毛，形似大麻，边缘如锯齿，蛰毛基部膨大，下部细胞壁钙质化，虽比汗毛细，却坚硬锋利，含复合生物碱毒素，人畜被刺则奇痛、奇痒不已。但这样奇毒的野草居然可以食用，入药学名追风草，而对常见的风湿性关节炎，取适当煎水洗患处治疗，用根煎水洗湿疹疗效更佳。

夹壁梁子上的回忆

2020年6月13日,我到理县采访,途径米亚罗境内国道317线248公里处,那里是夹壁村口,突发山洪泥石流阻断道路。我不禁想起曾经采访闵素华老人时,他谈到60多年前的夹壁沟,就是我堵车的地方。

1953年,四川省阿坝鹧鸪山上的成阿公路建成通车(新华社图片)

夹壁乡地处理县县城西北部，杂谷脑河上游，国道317线两侧，距县城56公里，东南与古尔沟镇相邻，北与米亚罗相连，西以红桥山脊与小金县两河乡为界。1935年6月7日，红四方面军九军、三十军、三十一军、三十三军及四军一部先后沿杂谷脑河南岸西进，6月8日与9日，红军大部队先后进驻桃坪、佳山，于6月12日，将设在佳山的红四方面总指挥部迁至杂谷脑。6月上旬，三十一军、三十三军之一部先后从杂谷脑出发，经沙坝、夹壁、米亚罗，翻胆杆梁子进入尽头寨，越鹧鸪山抵达马塘、卓克基一带。

夹壁沟也叫夹壁梁子，位于米亚罗镇旁，远看是一条被风雪侵蚀的破碎不堪的山梁或山脊，其中最高处海拔4900多米。

闵素华回忆说，公路修到这里，因为公路经过的山势渐趋平缓，因而推进较为迅速。夹壁沟里，两山从沟底分别伸上天，夹天一线，在此住帐篷，一共住了十多天，算把便道修完了，前面就是米亚罗。到达后，工程队回转又到甘堡塞，这时筑路人马已齐集于此，支队队部就设在这里。

闵素华回忆说："住在夹壁沟时某天，从州里出来一批穿着华贵的藏胞，大多是二三十岁的男女，紧挨着我们撑帐篷宿营。男的貂皮出锋领子镶英国墨尔呢子大藏袍，火狐缎帽，皮靴；女的白羔羊毛领大开领，藏袍，牙璜琢子，玛瑙耳坠，皮靴。一个男的会讲汉语，向我借胡琴，给了他，那个男人拉琴走头，后面全体男女鱼贯跟着绕圈

成阿公路汶理段筑路纪念章

踏歌。"①

这显然是一批身份不凡的贵族,在那个荒寂、贫苦的地区,能够见到这样一批器宇轩昂之辈,似乎见到了"冰山上的来客"。

这一带的便道队终于修完便道,闵素华回到杂谷脑待命。大致不过半月,他被分到一个分队当卫生员,就在危关高古堡之下住着。1953年,分队是以川西军区领导下的现役部队干部和地方干部混编的

---

① 四川川交路桥有限责任公司史志办编:《川交年华》,四川科学技术出版社,2018年,第72页。

各级支队、中队、分队行政班子。闵素华所在的分队，相当于一个连，有一百多号人。有一日，闵素华打饭端回寝室刚准备吃，有一个民工跑来说："心头不好……"没说两句，张口吐了一地才吃下的饭。紧接着第二个、第三个民工也说想吐。闵素华一揣摩，知道是食物中毒，旋即通知队长，去问炊事员。对方是老炊事员，回答说，那天炒菜时，发现"油泡子"多得很。他把油桶拿来，舀一瓢油出来，油呈黏稠胶状，与此同时，他闻到一股桐油味。

大家问那位军官事务长，菜油哪里买的？此人是北方人，高挑白皙的一个青年，此时张口结舌，表情呆滞。原来啊，他把桐子油当菜油买了回来……

却顾所来径　苍苍横翠微

在中国漫长的乡村与城市建设中,路、景、物、人、事是其五大构成元素,而道路建设不但是五大元素中的重中之重,而且是连接政治、文化、经济的主动脉。20世纪50年代开始,在物质和技术条件都极为匮乏的情况下,四川路桥人转战在崇山峻岭之间,凭着"让河水开路,让高山低头"的不屈斗志,发扬不惧艰险、顽强拼搏的精神,在茫茫的雪域高原上,让一条条公路穿越崇山峻岭、横跨大江大河,实现天堑变通途。在"人类生命禁区"的"世界屋脊"创造公路建设史上的奇迹,配合解放军成功修筑川藏公路,结束西藏"乱石纵横,人马路绝,难险万状,不可名志"的历史。此后,四川路桥人顺利完成"三线建设"国防工程以及省内国道、省道干线公路整治任务,新建、改建多条干线公路,成为四川交通建设的主力军。1990年,从参加修建四川第一条高速公路成渝高速开始，四川路桥历年保持省内在建高速公路 30% 以上的占有份额。到 2011 年底，四川已建成的 3000 多公里高速公路中，有 50% 以上的路面、35% 以上的路基工程都由四川路桥承建。[①] 经过四川路桥人艰苦卓绝的奋战，"蜀道难，难于上青天"的千年喟叹彻底成为历史。

1954 年通车的川藏、青藏公路犹如两条主动脉，把西藏和祖国大家庭紧密连为一体。回望新中国成立之初，11 万筑路大军没有一张完整地图、没有任何地质水文资料，在平均海拔 4000 米的世界屋脊，跃万丈二郎、跨怒江天险、攀横断山脉、渡通天激流、翻巍峨昆仑，创造了世界公路史上的奇迹，结束了西藏没有公路的历史。五易寒暑，艰苦卓绝，三千英烈长眠高原，一代伟绩永垂青史。2014 年 8 月，习近平总书记就川藏、青藏公路通车 60 周年作出重要批示："一不怕苦、二不怕死，顽强拼搏、甘当路石，军民一家、民族团结。"这高度概括了"两路"精神，既是对伟大精神的激扬盛赞，更是对新时代交通人砥砺前行的深情鼓舞。

"却顾所来径，苍苍横翠微"，70 年栉风沐雨，70 年风雨兼程。四川路桥人用自己的心血和汗水，建设、养护着这些道路，保障通行，

[①] 《四川川交路桥有限责任公司史志》编纂委员会编：《四川川交路桥有限责任公司志》，四川科学技术出版社，2018 年。

在调查研究中践行"两路"精神，在检视问题中对标"两路"精神，在整改落实中弘扬"两路"精神，并提炼为"攻坚克难、甘于奉献、勇于胜利"的新时代路桥精神，为构建国家综合立体交通网、服务人民群众安全便捷出行而不懈奋斗。

在"两路"精神感召下，我们深深感到，只有廓清新中国成立初期的筑路历史，尤其是筑路者的感情与心路历程，才能更好地吸取那种撼天动地的力量。《天路叙事——川藏公路、成阿公路筑路史》正是在这样的动机下产生的一部非虚构作品。本书没有完全按照工程进度等物理指标施为，而是主要围绕四川路桥筑路人的经历、情感、生活，以公路为经，以沿途风物、季候、历史遗迹为纬，通过筑路人的独特踪迹史，展示了众多平凡的筑路人"牺牲小家为大家"的伟大心灵。

卡尔·马克思指出："历史把那些为了广大的目标而工作，因而使自己变得高尚的人看作是伟大的人；经验则把使最大多数人幸福的人称赞为最幸福的人。"《天路叙事》抢救性地采访、收录了多位年事已高的筑路人的口述回忆，他们的历史和经验无疑是我们实现"中国梦"的宝贵财富。

这是一部筑路人的"筑梦史"，不但见证了四川公路从蜀道难、蜀道通到蜀道畅的坚实步履，而且可以触摸到筑路人的满腔真诚、热血和柔情。